ルポ　中年童貞

[日] 中村淳彦 著
陈悦 译

中年处男

一份日本社会纪实报告

生活·讀書·新知 三联书店

图书在版编目（CIP）数据

中年处男：一份日本社会纪实报告 /（日）中村淳彦著；陈悦译. -- 北京：生活·读书·新知三联书店，2024. 11. -- ISBN 978-7-108-07911-4

Ⅰ. I313.55

中国国家版本馆 CIP 数据核字第 2024X156C3 号

责任编辑　张　惟
装帧设计　鲁明静
责任校对　曹秋月
责任印制　李思佳
出版发行　生活·讀書·新知 三联书店
（北京市东城区美术馆东街 22 号　100010）
网　　址　www.sdxjpc.com
经　　销　新华书店
印　　刷　河北鹏润印刷有限公司
版　　次　2024 年 11 月北京第 1 版
2024 年 11 月北京第 1 次印刷
开　　本　787 毫米 ×1092 毫米　1/32　印张 7.25
字　　数　115 千字
印　　数　0,001 – 6,000 册
定　　价　45.00 元
（印装查询：01064002715；邮购查询：01084010542）

目　录

前 言

中年处男是一种什么样的存在，他们对社会造成了何种影响？将这些问题以纪实的写作手法呈现给读者，是本书的首要目的。

处男，即“无性经验的男性”。

日本国立社会保障与人口问题研究所《第 14 次出生情况基本调查（2010 年）》显示，20—24 岁的未婚男性无性经验的比例达到 40.5%，与前次调查（2005 年）相比上升了 6.9%。而在 30—34 岁未婚男性中，无性经验的比例为 26.1%，相当于四个人中有一人是处男。

30 岁以上的未婚男性约为 800 万人，在这个数值的基础上计算的话，全国约有 209 万人属于中年处男的范畴。而这个数字差不多是长野县的总人口数。《出生情况基本调查》为 5 年统计一次，没有性经验的男性人数在这 20 年间，持续上升。

有无性经验，以及频次等都属于极度隐私的问题，也是个人的自由。很多人会认为如此隐私的个人问题不会对社会产生影响。但是，我认为无性经验不仅与持续走低的结婚率和少子化现状相关联，还直接影响着“爱豆”[1]、动漫等娱乐产业，以及AV影像和性服务等性产业的发展动向。同时它也和职场霸凌、职场性骚扰、超时劳动、高离职率等一系列动摇社会根基的负面问题有着千丝万缕的关联。

深刻体会到中年处男问题的严峻性，是我在2008年投身老年护理事业之后。日本“团块世代”[2]预计到2025年将会迎来爆发式增长，因此出现了如推出委托民间团体对高龄人士进行生活护理的护理保险等社会动向，护理业作为日本为数不多的朝阳产业，以民间企业为中心急速扩张。但护理业属于原本不受大众欢迎的职业之一，面临着人才匮乏的局面。卖方市场掌握着主动权，只要健康，谁都可以从事护理职业。护理工作关乎老年群体的

1　网络用语中对年轻偶像的称呼，音译自idol。——编者注

2　指日本第二次世界大战后的“婴儿潮”，即1947—1949年出生的战后一代。——译者注

生命健康安全，对于医学知识、护理经验以及技术都有较高要求，本该由专业人员来担任，然而社会现状却不允许护理行业进行人才的筛选，基本所有的应聘者都会被聘用。因此，相比于其他职业，护理行业的人员素质普遍低下。

对于同样毫无经验却踏入养老看护行业的我来说，从业期间困难重重。其中，更多是来自护理人员的问题，而他们又恰好多为30岁至50岁之间的中年男性，且都未婚。

我一直在思考，为何他们会再三引发人际关系上的矛盾冲突。所有的问题都始于他们，或与周围的人发生矛盾，或攻击、欺凌他人。而对于来自外界的提醒或警告，他们似乎无法理解和接受。他们的行为处世与周围相比显得尤为格格不入。而且，我发现他们基本上都是工作在护理一线的下层工作人员。在私下谈话中，我曾直接或间接地提到“是否有性经验”这一话题，所有人的回答都是“没有”。

如果仅仅是一两个人，也许还可以看作个人性格或是公司招聘不当所致，但数年间许多中年男性都引发过相似的冲突，而追寻其因，大多都是“行为处世与周围格格不入”。由此我才得以确认，在护理一线底层工作的 30 岁以上无性经验的男性群体中，潜藏着严峻的社会问题。

本书以我在“幻冬舍 plus”网站上连载的文章为基础修改而成。在此，我想先明确书中“中年处男”的定义。

在采访之前，我将生来患有身体障碍的男性、同性恋者排除在“中年处男”范畴之外。将“没有与女性交往的经历、没有去过风俗店[1]、超过 30 岁的中年男性”定义为“中年处男”。将“虽然没有与女性交往的经历，但在风俗店与职业风俗女有过性交的男性”定义为“素人处男”。但在采访过程中，我发现中年处男和素人处男无法简单地加以区分。在本书中，包含素人处男在内，在恋爱或人际交往中没有与女性发生性关系的男性也归属于“中年处男”的范畴。

这样庞大的中年处男群体在结婚率将近 100% 的

---

1 風俗店，也称ソープランド，即性服务场所。为保持统一性，本书中保留“风俗店”的用法。性服务产业为“风俗业”，女性性服务工作者为“风俗女”，后同。本书在解释一些日语名词时，先列出日文写法，后用中文进行解释。——编者注

时代是无法想象的。1950年的未婚率仅为1.5%，而2010年就攀升至20.1%。他们为何会产生在当下的日本社会？

性本应是个人问题，但它也异常容易被时代价值观所左右。以“中年处男”这一身份标签化的方式进行论述固然会引发诸多争议，但我还是想通过本书的写作，试图明确他们究竟是什么样的存在，又是在什么样的背景下存在的。

第一章

秋叶原
——中年处男的天堂

隔绝现实的电子世界

“石丸电器”的大幅红色招牌清晰可见。

越过缓缓流淌的神田川，就到达霓虹灯遍布的电器街所在地——秋叶原站了。

秋叶原在二战前作为售卖齐备电子商品的电器一条街逐渐发展起来，至20世纪90年代中后期成为“御宅”之街，汇聚了异样的热度。曾经的果蔬市场和电车调度站搬迁之后遗留的这片空地，成为东京都偕同千代田区重点再开发的区域。现如今，这里的东侧已经变成高楼林立的信息技术中心，只有山手线和总武线交汇的十字高架下犹如迷宫般的秋叶原站和电器街，还残留着昭和时期的风姿。

2005年8月，秋叶原站和筑波站联通的首都圈新都市铁道筑波特快线开通。伴随着区域再次开发和新铁路线的开通，凸版印刷、山崎面包、YKK、加贺电子等多家老字号企业将本社迁移至此。同时期的御宅文化急速发展也使奔赴秋叶原站的乘客从12万人暴增至40万人。秋叶原从原本的电器街一跃成为世界瞩目的IT和御宅文化之街。

而我到访秋叶原，是因为觉得在这里应该能找到中年处男。走出电器街，就可以看见无数身着女仆装的女孩子用甜美的声音召唤并派发传单给过路的男性。行人多数是内向型的眼镜男，身材走形，看上去性格温和且刻板。

家电店、动漫周边产品店、游戏卡店、女仆咖啡店、电子配件店、DVD专卖店鳞次栉比，从中央大街右拐穿过高架桥步行1分钟左右，就可到达曾造成了14人伤亡的路口。就在这个路口，汽车工厂的派遣职员加藤智大猖狂扬言："我会在秋叶原杀人。先用车撞，再用刀捅，都去死吧。"

眺望着蓝天下宅男、女仆咖啡店的店员和公司职员穿梭而行的路口，完全想象不出这曾是造成大量伤亡的犯罪现场。这是否是一种平稳的衰退呢？

正对着路口，有一个印有面带微笑的二次元美少女的巨型广告板，上面写着："和女孩子谈恋爱吧，以恋爱精灵之名。"步入八层建筑的店铺中，映入眼帘的即是数不清的知名、不知名爱豆的 CD 和 DVD、少女手办及动漫 DVD、美少女主题电脑游戏、成人电脑游戏。店铺的顶层每天还会举办爱豆孵化活动。在秋叶原徘徊的众多宅男，相继被入口处目不暇接的少女元素吞没其中，简直就像一场美少女狩猎宅男的游戏。

在秋叶原，这些别样的风景随处可见。

看到女性的裸体会呕吐

出没于秋叶原一带的宅男，大多是处男吗？

带着这个疑问，我询问了一名正在买新出动漫 DVD 套装的约 40 岁的男性是否能接受采访，结果被他跑掉了。我感到这样采访路人行不通，便联系了一位编辑朋友说明了诉求。朋友说他叫一位熟悉秋叶原的人过来，两小时后，我见到了 42 岁的高桥（化名）。他在中央大街转进去的小巷子里经营一家女仆咖啡馆。

高桥问我要采访什么，我坦率地答道："二次元文化（动漫、手办）、宅男和中年处男。"听完，他无奈地笑了笑。

高桥建议选择离（他的）店稍远的地方去做采访。于是，我们来到了位于 IT Town 的一家咖啡馆。在 IT Town 这边的街上穿行的都是上市公司的精英男女，少有宅男。

再次确认周围没有宅男装扮的人之后，高桥便打开了话匣子："这一带处男多的是。你说的中年处男是从几岁开始算起的？如果从 30 岁开始算的话，这里的处男数量可能是涩谷和新宿的 100 倍。毕竟这是个除了爱豆之外，全虚拟的电子世界。"单方面喋喋不休是宅男特有的属性，高桥显然也具有这个属性。

"有些宅男说自己只爱二次元人物，其实那是借口。他们大多是因为在现实生活中不被女孩子理睬，才喜欢上二次元人物的。只不过现在这么说的话会在网上被喷，所以没人提了。拿'只喜欢二次元人物'这样的借口来自我暗示，宅男这样做也是想给自己的处境找个正当的理由吧。宅男还会用'不招人'来阐释自己，意思是'不是不招人喜欢，而是不想招人喜欢'。当然，年轻一代里也有那种特别招女孩喜欢但真的就只对二次元人物感兴趣的帅小伙儿。

"我听动漫职业学校的学生说过，他们学校开设的素描课，会请全裸的女模特摆造型，供学生素描。结果就有学生陆续出现呕吐等生理不适的现象。问其原因，得到的都是类似现实中的女人身上的毛孔让人恶心之类的答案。”

看到女人身上的毛孔会呕吐——如此匪夷所思的话，吓得我倒吸一口凉气。

“有时候发生了绑架和杀害幼女的案子，大家就会怀疑是宅男干的。但其实真正只喜欢二次元的人是不会去绑架真实的幼女的，因为他们没兴趣。对二次元重度中毒的部分宅男甚至嫌弃现实世界的女孩会呼吸、会自己动，对她们产生生理上的厌恶。”

看来，宅男对手办、二次元动漫这些虚拟事物的依赖程度之严重，远远超出我的预期。

非处女不是人

1995 年的《新世纪福音战士》[1] 被认为是二次元美少女角色及其相关现象发展至今的开端。对于十几岁到 20 岁出头的男性而言，自出生起就有二次元动漫，有不少人

1 「新世紀エヴァンゲリオン」，1995 年 10 月起在日本东京电视台播放的动画作品。——编者注

第一次为之心动的异性对象就是美少女角色。

沉迷于二次元的宅男被制作方源源不断地奉上的美少女角色深深吸引，对其倾注爱意，并将她们当作性幻想对象。当然，美少女角色不是有血有肉的真人，只是被精心塑造出来供销售的虚拟形象而已。

在个人计算机开始普及的 1995 年之后，美少女角色大量涌现，其质量也在不断提升。如果将 Windows 98 面世的 1998 年视为秋叶原成为宅男根据地的具体年份，那么现在 40 岁的人当时应为 24 岁，现在 30 岁的人当时应为 14 岁，现在 20 岁的人当时应为 4 岁。[1] 由此看来，对虚拟世界的依赖程度和向虚拟世界倾注爱意与否的行为特征，会因在青春期萌生异性意识的初中时代是否易于接触到二次元角色而发生显著变化。

“无论年龄大小，动漫爱好者的共通之处是，中学时期在学校都不受异性欢迎，不得志的他们转而将美少女角色视为性幻想对象，以逃避现实世界。拖着学生时期的逃避心态到成年后的情况，仅存在于目前 30—40 岁的二次元爱好者中。目前 40 岁以上的人是在成年后才沉迷动漫的，

1　以日文版出版时间 2015 年计算。——编者注

究其原因，可能是对现实中的女性绝望了，或者类似的苦恼导致的。两种情况都属于逃避，但青春期的逃避和成年后的逃避是有区别的。”

初中时，班上受欢迎的男生比例大概就只有 10％，一般情况下，如果在初中没能挤进这前 10％，男生就会重新审视自己，并争取在高中显露头角。如果高中时期也不行，就争取在大学里继续挑战，或者专攻自己擅长的领域，缩小目标女生的范围，如此经历不断试错的过程。

如果在初中时期就因不受异性欢迎而投靠虚拟世界，那么在幻想中停留的时间越久，在回到现实时，需要面对的环境和自身状态就会越糟。

听了这些，我忽然想起三岛由纪夫闯入日本自卫队东京市谷驻地自尽前写的文章。

> 男性特有的沉着冷静与客观的判断能力，多是在失去童贞后方可得到的。处男时期的思维方式容易受到禁欲主义的负面影响。正如尼采所言：“贞洁对于一些人是美德，对于大多数人几乎是罪恶。”
>
> （《行动学入门》）

男性沉着冷静且客观的判断能力，完全根植于现实之中。面对现实做出冷静客观的判断，则是人类维系社会关系的一大要因。倘若我们并不认同性是私人的事，而把它看作与他人建立亲密关系的一种社会活动，那么在中学时期无法克服与异性交往障碍，继而导致心理时间轴停滞的情况便成为十分需要警惕的现实。

“热爱二次元人物的宅男无关年龄，都有一个共通之处，那就是处女情结。”

高桥环顾四周，压低了声音，以免被邻座的人听到。

“在很多宅男的认知里，非处女就不算是人。现在 40 岁往上的宅男眼中的处女形象是现实中的幼女和二次元中的角色。20 世纪 80 年代好多书店里都摆着幼女的裸体写真，这些人在青春期喜欢上了尚在发育的幼女，在《儿童色情法》颁布之后就转向二次元人物了。而他们之后的年轻一代从小接触美少女角色，认为她们就是处女，或在这些角色中寻求处女形象。所谓处女情结，就是认为处女身是最最重要的想法。虽然‘非处女不算人’这种说法是不正常的，但对于宅男来说，它就是真理。因此，他们倾注爱情的对象，就必然是幼女了。现在市面上的二次元美少女，不也都是幼女形象吗，即便人物年龄被设定成 18 岁，可画面给人的感觉不过也才是小学高年级到初中二年级之间吧。御宅产业的题材全是少女，也就是这么来的。可以说，秋叶原的御宅文化一路发展开来，是和幼女情结密不可分的。”

确实，我们所在十字路口对面的大型商店里出售的商品题材，除真人爱豆之外，几乎全是初中生以下年龄段的动漫少女形象，就连正在播放的广告形象的声音听起来也很年幼。

“宅男坚定的处女情结，简单来说是因为他们自己是处男。他们对漫画式的恋爱有强烈的渴望和憧憬，希望能在还是处男的时候就遇到自己心目中一尘不染、命中注定的理想女性，然后和她结婚。幻想的细节因人而异，但大体上都渴望拥有完美恋情。话说回来，即使不是宅男，人越晚恋爱，恋爱标准也就越高。我觉得宅男的处女情结就是对另一半天花板级别的标准。如果几十年如一日地幻想完美的恋爱，最终很可能会形成处女情结。另外，他们之所以渴望没被他人碰过的女性，可能是因为害怕被拿来和其他人做比较吧。”

以处男身为荣

个人计算机普及，富含二次元角色形象的御宅文化开始兴起的一年是1995年。不幸的是在此之前的1993年，现实世界的女孩间就掀起了一股“运动短裤水手服”[1]热潮。那时拿穿过的运动短裤和水手服去换钱的初中女生，进入高中后装扮成辣妹模样，现在又以熟女形象示人，讴歌性的美好。就这样，当宅男们在20世纪90年代末幻想完美恋爱期间，女性却走向了与之完全相反的思想发展道路。

女性不再避讳谈“性”，想在风俗店和AV制作公司工作的女性也不再羞于应聘。与此同时，根据日本国立社会保障与人口问题研究所的《出生情况基本调查》，18—34岁未婚女性的处女率从1987年的65.3%锐减到2010年的38.7%。20世纪80年代以来，相比不断攀升的处男率，处女率在不断下降。此外，结婚率也持续下降。对恋爱不感兴趣的女性人数在增加，几乎没有人像宅男那样对完美

1　ブルセラ，即运动短裤（ブルマ）和水手服（セーラー服）的合成词。——译者注

恋爱抱有幻想。

宅男与时代背道而驰追求贞洁和完美恋爱，是否缘于三岛由纪夫所说的“（处男）还没有冷静的判断能力”？三岛由纪夫又是否会预料到，在他自杀40多年后，依赖虚拟美少女角色、幻想童话般恋爱的日本男性会急剧增加？到头来，这个世界上本就不存在像二次元动漫里的美少女那样性格温柔又是处女，还能包容一切的女性。

既然我们生活在现实之中，那么用不切实际的幻想让自己止步不前就非常危险。

“一二十岁的青少年或许还有机会回到现实生活中，但那些四五十岁深陷二次元世界的宅男，应该就会这样一直到死了。‘去逛逛风俗店’这样的建议对处男来说是没有用的，因为他们觉得去了风俗店，自己就会变脏。有个说法是‘到30岁还是处男就能变成精灵’，童子身就是他们的骄傲，他们认为这是自己唯一能比得过‘现充’[1]的优势。但实际上他们只是对现实视而不见，靠动漫来逃避而已。时间一天天流逝，他们也就错失了许多机会。”

1　リア充，现实（リアル）和充实（充実）的合成词，指生活内容充实的人。——译者注

依赖二次元的宅男几乎都会这样到死——这些话让我不禁愕然。抱着虚妄的幻想，对现实一无所知，就这样死去未免太过孤独了。

“宅男养老院”

女仆咖啡街上，女孩们化装成《心跳回忆》[1]中的藤崎诗织或《同级生》[2]中的樱井舞，四处招揽客人。路上的揽客女孩人数众多，才走出 100 米左右，就已经有十多个女孩向我搭讪了。

这条以神田明神大道的关东煮罐头自动售卖机为起点，通向与藏前桥大道交汇处的笔直小道通常被称为“女仆咖啡街”，小道两侧密布着几十家女仆咖啡馆和女仆按摩店。男人们在数量众多的店铺间犹豫不决，并和前来搭讪的女孩羞涩地聊上几句。

---

1 「ときめきメモリアル」，日本 KONAMI 公司出品的一系列恋爱游戏。——译者注

2 「同級生」，日本 elf 公司出品的恋爱游戏。——译者注

经营女仆咖啡馆的高桥为我引荐了动画制作人中里（化名，38 岁）。中里约我在一家女仆咖啡馆碰头，一进店，迎面就来了一位身着粉色洛丽塔裙的女孩对我说："主人，欢迎回家。"

"您要找的是那位主人吗？"

中里身着高级西装，看起来对女仆咖啡馆轻车熟路，和女孩子聊得热火朝天。

我瞄了一眼印着圆体字的菜单：蛋包饭 1500 日元、汉堡排 1200 日元、热咖啡 300 日元，价格和普通的家庭式餐厅相差无几。每小时 500 日元的最低消费实在是便宜。

"主人，画熊猫好吗？"

女仆说着，用番茄酱在我点的蛋包饭上画了一只熊猫。然后又说："来，我们一起施加魔法吧。"

魔法？

"喵喵喵——变好吃——变好吃！杰克大人也和我一起念！"

杰克大人？

"喵喵喵——变好吃——变好吃！"

女仆双手比成爱心，为我的蛋包饭施了美味魔法。我骨头都酥了，这是一种从未体验过的不赖的感觉。

“有意思吧？这里介于二次元和现实之间，那些女孩是2.5次元的。”中里道。

这就是所谓的“萌”吗？第一次来女仆咖啡馆的我深感震撼。据说以秋叶原的女仆咖啡馆为首，女仆相关服务业的市场规模即将达到105亿日元（出自《周刊钻石》《秋叶原变态》特辑）。如此，我也不难理解这种人人都可以享受的独特世界观为何能如此渗透了。

我向中里请教了有关“现实社会中的宅男”问题。

“不同年龄段的情况不同。多数四五十岁往上的婴儿潮二代都有一份高收入且体面的工作。年轻一代的状况反而比较困难，要么无业啃老，要么当临时工。秋叶原现在早就没有世纪初那种迅猛的发展势头了。年轻人收入低，整个产业就跟着衰退。

“宅男基本都是做事认真专注，有工匠精神的人。现在四五十岁的人在当时拿着高中或大学文凭进入公司以后，凭借工匠精神就能夺得高薪岗位。还有公务员这样的工作，工资也很高。20世纪80年代初的宅男，也就是现在50多岁的那一批，都毕业于名牌大学，且越是名牌大学，‘萝莉控’人群的比例就越高。因为认真，他们会选择按部就班地工作，也不会轻易辞职或跳槽，所以有钱。没有恋爱成家的他们的开销，促使秋叶原系的相关产业实现了飞速发展。”

也就是说，日本的宅男产业和秋叶原这个地方在20世纪90年代末至21世纪初得到了长足发展，其原因在于当时许多宅男将高额收入的大部分用来购买了相关产品。正因为40岁以上的高龄宅男身处高薪岗位，才催生了一个人口基数少但规模庞大的特殊市场。

“社会结构的变化导致年轻一代已经找不到工作了。现在社会看中的品质不是宅男那种认真劲或工匠精神，而是沟通能力。在这种情况下，宅男去找工作往往最先被拒。IT行业也需要通过营销自己去拉业务的技能，所以这一行业没有宅男的生存空间。40多岁的宅男年轻时还会隐藏自己的宅男身份，和普通人一样学习并就职，但年轻一代宅男早在十几岁时就放弃这个轨道了。社会上掉队的人多了，他们也就不需要隐瞒宅男身份，还可以坦然啃老。简言之，因为年轻宅男成为底层群体，宅男中的穷人比例也增加了。依靠父母的帮衬打零工为生的年轻宅男和年收入600万日元的40多岁未婚宅男相比，能够投入在宅男产业上的资金差了十位数。”

以万代南梦宫[1]和KONAMI[2]为首的动漫、成人商品制造商正在开发能让富裕的中老年宅男将一生所得都为之挥霍的产品。根据游戏公司的推测，这些中老年宅男未来也不会恋爱或结婚，而将终身依赖御宅产品生活。据说一些动漫相关公司甚至在筹备建造“宅男养老院”，以实现对宅男的终身“圈养”。

和任天堂DS女友出门过夜

千禧年之际，秋叶原系产品取得了巨大发展，随之而来的产业竞争，使得商品数量急剧膨胀。这个商家虽少，但规模庞大的市场，摸索并逐步实施一项战略——通过不断提供大量新鲜内容锁定目标男性，并令他们终身沉迷其中。

中里讲起了宅男群体性质上的今昔之别。

“现在，喜欢真人爱豆和喜欢动漫的两个宅男群体彼

---

1 バンダイナムコグループ，游戏软件公司。——译者注

2 コナミグループ株式会社，游戏软件公司。——译者注

此不合。以前的宅男大多是像冈田斗司夫[1]那样，浏览甄别所有的御宅内容。对他们来说，宅男身份既是收藏家也是发烧友，故而以了解大量信息为荣。从前的宅男往往博闻强识，现在40岁以上的宅男也都是高知人士。而年轻宅男里，单纯了解动漫或者单纯了解爱豆的情况越来越多。智商低下、一味逃避并沉溺于自己的爱好，成了现今宅男的普遍形象。产生这一现象的原因在于商品数量过于庞大，就如拿出一生的时间单纯收集变形金刚的相关信息都收集不完，根本无暇顾及其他品类。AKB系女团也是如此，成员人数太多，又分化出众多子团体，对她们的粉丝来说仅仅关注AKB系的内容就已经是极限了。这就是制造商和出品方的策略，他们要将宅男留住并'圈养'，从而垄断他们的人生。宅男之间因过于细分的爱好而彼此孤立，连同性朋友都没有。"

企业操纵着宅男的消费行为，让他们将一生都花费在购买虚拟商品上。这种现象在日本没有先例，难以评价这究竟是他们的幸福，还是不幸。有喜欢的东西，且可以不

1 东京大学讲师，著有多篇阐释御宅文化的文章。俗称"OTAKING"（御宅之王）。——译者注

断扩充收藏，也许是幸福的，但买来的是用来替代真实女性的二次元美少女，听起来难免有种深刻的哀愁。

“对依赖二次元美少女的人来说，愿意花一辈子的时间和金钱去购买的东西应该就是动漫 DVD 吧。也就是说，他们会不停地购买有自己喜欢的女性角色的动漫。宅男之中，无法容忍女性角色不是处女的人占多数，但也有喜欢色情恋爱系美少女游戏的人。他们自己虽是处男身，但是会在游戏中夺走大量虚构美少女的贞操。所以在现实中有性洁癖的宅男又分成了两派，一派认为这么卑鄙的事只有懦夫才会做，另一派主张没必要在虚构世界纠结太多。两派在网上吵得不可开交，就是这么一个现状。”

为佐证宅男的精神纯洁性，中里跟我讲了 2011 年 DS[1] 游戏 *Love plus+* 和热海市的联名项目“热海 Love plus+ 现象”。其内容是和 DS 机里的女友一起去热海旅行，两天一晚的价格是 39800 日元，甚至连热海市市长也出席了纪念仪式。

“这个游戏的划时代意义在于，游戏剧情一开始就从恋爱关系确立之后展开。在以往的美少女游戏中，和女孩

1　任天堂公司出品的一款掌上游戏机。——编者注

子确立恋爱关系就算闯关成功了，而 *Love plus+* 的内容则是培养和女孩子的一段感情，热海便是游戏中的一个重要地点。热海市正是看中了这一点才与 KONAMI 公司合作，以此吸引宅男汇聚热海。宅男们的女友都在 DS 机里，住在旅馆里的显然只有宅男一人，但房间却备有两套被褥。宅男会把 DS 机里的恋人放在自己身边的那套被褥里。”

积极消费的 40 岁往上的宅男，不仅受到企业的欢迎，连政府机关也为争夺他们的可支配收入而彼此较量。宅男和 DS 机里的女友一起去热海旅行，热海的市民热情地欢迎，热海的旅馆则为 DS 机铺好被子——这实在让人不知该如何评价。

动漫迷和爱豆粉的着装风格

作为宅男概念的最后一个板块，我还想了解的是“宅男的时尚”。一直以来，宅男似乎有一种特殊的着装风格。

“他们的着装跟不上潮流，不是因为审美，而是对着装花费极度压缩的结果。在宅男的消费优先等级里，御宅产品占首位，所以他们压根儿不会有打扮自己的想法。而且对很多人来说，他们的世界里没有他者，根本不在乎穿衣打扮。那些有闲钱买衣服的高收入宅男又不屑于像现充一样赶时髦，所以才会出现用红色头箍搭配范思哲时装这种炸裂的风格。

“另外，动漫迷和爱豆粉的穿着各有不同。动漫迷、声优迷的穿着邋遢，但爱豆粉往往是注重打扮的，因为他们粉的爱豆是有血有肉的女性，会在秋叶原商法活动中与宅男有直接接触。在握手会或签名会上，爱豆粉宅男需要竞相吸引爱豆的注意，所以他们会为了在竞争中胜出而把自己收拾干净。动漫迷的情况则不太乐观。比如他们不刷牙，长了蛀牙或牙齿脱落了也放任不管；裤子拉链坏了，他们也依然会穿着它到处走，好多人已经脱离社会了。动漫迷不仅衣着脏乱、俗气，还只活在自己的世界里，所以没有朋友。”

在店里的男性看起来低调、内向，却并没有那类与社会脱节的类型。难道是因为他们需要争相吸引女仆服务员的注意，故意为之的？他们小心地同女仆服务员交谈，脸上带着羞涩的微笑，都很开心的样子。

"主人，下次再来呀。"

给我点的蛋包饭施魔法的那个女孩目送我离去。离店时我还收获了一张会员卡，上面写着"杰克大人的身份证"。

看来，"杰克"就是我在这家女仆咖啡馆的名字了。

宅男扎堆的合租房

第二天，我再次来到秋叶原。接触不到真正的中年处男，这次在秋叶原的采访就不算完整。

在这样一个晴朗的星期六，街上发传单的女仆和路过的男人要比昨天多出一倍。整条御宅街活力四射，虽然散发低调内向气息的男性随处可见，但仅凭外表无法判断他们是不是处男。

懂行的人说，出没在秋叶原的男性画像大多呈现以下特征：依赖秋叶原系动漫产品并将大部分可支配收入投入其中；严肃刻板，且对恋爱有洁癖；没有性经验，但有处女情结。这么说的话，我面前这些看上去内向的男人大概率就是处男。

我和出版社的编辑一起从秋叶原的路人中随机找了几位看起来不那么起眼的中年男性，邀请他们进行一次不露脸、不记名的有关二次元内容的采访。我们的战术是一开始先不着急确认对方的处男身份，如果在采访过程中发现受访人不是处男，便向对方表示感谢，并结束采访。

我们在秋叶原人来人往的十字路口锁定独自经过的中年男性，并向他搭话。在遭到一些以没有时间为由的拒绝或无视之后，终于有一名男性同意接受采访。这个过程用了大概 20 分钟，还算轻松。

本山太郎（化名，32 岁）一眼看上去就是一个不起眼的人。他说:“我今天就是来买同人志[1]的。”被我们叫住的时候他正在步行回家的路上。他似乎后悔自己会停下脚步回应陌生人的搭话，显得有些不快，但也并没有强烈地抵触，所以我们决定跟着他走到他家附近。

“我住的是合租房。因为就在秋叶原，所以租客全是宅男，就是宅男合租房。房间特别小，你们进不去的。”

他住的居然是宅男扎堆的合租房。屋子极其逼仄，仅

1　不受商业影响、遵循自主创作的自制出版物，内容多为漫画。——译者注

有一张半榻榻米[1]大小。合租的共有12人，客厅、淋浴间、厕所是公用的，房租39500日元，包水电供暖等费用。

本山一路沉默。离开了御宅街，我们沿着国道4号线向日本桥方向行进。他埋头快走，始终没有主动开口，似乎极度社恐。从秋叶原的御宅街出发步行约15分钟后，本山指向一栋塞有许多中小公司办公室的老式办公楼说道:“就是这里。”

出了电梯打开房门，映入眼帘的是一排简易小单间的房门。看上去就像是网吧或者某处的动物收容所。最里侧有一张小小的四人桌，一点儿生活气息都没有，空气中还弥漫着一股食物变质馊腐的气味。

“这是我住进来的第二年。八年前到东京后，我辗转换了不少合租房，最后决定住在这里，是因为20000日元的入住保证金打折降到了10000日元，而且离秋叶原很近。这里的每个单间都是一张半榻榻米大，和胶囊旅馆差不多。住在这里的人大多是四十多岁的无业大叔或三十岁出头的自由职业者，全是宅男。这些同屋要么外出打临时

---

1 一张榻榻米的面积通常为1.62 m^2。——译者注

工，要么待在房间里戴着耳机上网或者看动漫，所以挺安静的。”

这个一张半榻榻米大小的单间里摆着一张小桌子，上面放着笔记本电脑。美少女主题的同人志和衣服散落一地，连落脚的地方都没有。墙上贴的是动漫《中二病也要谈恋爱》[1]的海报，床上是一个脏兮兮的枕头和一床薄被，这种环境可能还不如看守所。

“我干的派遣工作按日结算，日薪7200日元，每周工作三四天，月收入大概10万日元。没交养老金也没有医保。搞不懂养老金政策，我也不去医院，所以这样也没什么不方便的。我觉得现在这份工作挺好的，同事每天都换，所以不需要搞人际关系。每年年底和夏季的漫画市集，我也肯定能请得下来假去参加。像餐厅和便利店这样的临时工我也打过，但我干什么都容易腻，在一个地方待不长。维护人际关系这事儿也挺烦的。没什么工作能激发我的干劲儿，所以都是说不去就不去了。”

本山的老家在大阪，高中辍学后他就蛰居在家，偶尔

---

1 「中二病でも恋がしたい！」，由京都动画公司制作的电视动画作品，改编自日本轻小说家虎虎著、逢坂望美配图的轻小说。——译者注

做些兼职度日。8年前，他为了改变自己来到东京，却什么都没能改变。“和在大阪时没两样，工作做不长，也不会跟人交流。目前为止一事无成，好多事情我也放弃尝试了。”

宅男合租房确实非常安静，虽然能感觉到每个单间里都有人在，但只能听到非常细微的动静。我们的悄声交谈都能震动房屋，而房屋里的单间又逼仄到无处下脚，实在不是个采访的好地方，我们于是移步到附近的一家咖啡馆。

画出来的理想女孩和朋友

“我的学历是高中肄业。那时候我压根儿不学习，也不去上学，上的还是一所最差的高中，最后就辍学了。在学校我就不起眼，甚至都当不上被霸凌的对象。从小学到高中一个朋友都没有，完全没有存在感。我猜应该没有人知道我长什么样、叫什么。我不喜欢和人相处，更不善于社交。从小就没有一件事让我觉得和别人一起过得很开心。我也不想跟父母和姐姐走得太近，和他们联系只会让我烦躁，所以进京以后我差不多一年和他们通一次电话。”

他面无表情，仿佛心如死灰地谈着自己的事，叹了口气。

从无法与人交流开始，他一直将自己孤立于社会及正常人际交往之外，甚至从未被他人关注过。他好像拖着小学或中学时班里的等级秩序，停滞不前地过了半辈子。他自知已成为这个社会的局外人，于是对任何事物都不抱有希望，并以此来挨过一天又一天。

“你有过和女性交往，或者去风俗店的经历吗？”

虽然我能确信他还是处男，但以防万一还是确认了一下。

“怎么可能有？！”

这个秒答几乎是从嘴里喷出来的。

“从初一那年起不上学之后，我就沉迷于二次元，也开始自学绘画，画一些御宅风萌系插画。把自己的理想型女孩画出来。这个女孩是处女，而且眼中只有我。我现在还会时不时地画一画。从小到大，我几乎没有和现实中的女性说过话，和女性的接触应该就止步于二次元吧。以我的性格，永远不可能跟她们搭话，所以只能把想法用绘画和想象发泄出来。现在我三十多岁了，和以前也没什么两样。我也画男性，他们是我理想中的朋友。画画其实就是为了把自己的理想具象化。我从初一开始就尽可能不去学校，一门心思画画。”

听完他的话，我感觉尽管他有融入社会的意愿，但长期以来养成的消极心态将他捆绑在原地，只能以画画来描绘理想，强迫自己接受现状。

从我在秋叶原向他搭话到现在，大概过去一个半小时了。一开始走在国道 4 号线上时，我们几乎一路无言相对，而现在他的话匣子逐渐打开了。

“我已经很久没有和人聊过天了……”

宅男合租房里租客间的交流仅限于打个招呼，派遣工作中共事的同事每天更换，和家人也断了联系，这让本山在家乡和在东京，都没有一个可以称得上是朋友的人，所以也完全没有和人交谈的机会。

走不出的高中阴影

本山现在沉迷的动漫是《中二病也要谈恋爱》。他在狭窄的房间墙壁上贴着这部动漫的海报。这是一部恋爱喜剧动漫，主人公是曾患“中二病”的男高中生富樫勇太和“中二病”女高中生小鸟游六花，故事描写二人在全是俊男美女的学校中充满喜怒哀乐的青春岁月。

“我最近迷上了六花，会把自己一股脑儿代入富樫勇太这个角色中。我也好想体验他那样的校园生活啊。不过，就算特别迷，我还是分得清现实和二次元的。我没有彻底放弃在现实中和女孩子交谈、交往的愿望。虽然可能真的没什么机会了，但总还抱着一丝丝希望，不想堕落到把二次元当作现实世界的程度，我明白那是虚构出来的世界。但是，看动漫让我觉得开心，可以逃离现实世界，所以戒不掉。我对动漫的喜爱程度和初中时一样。现在挣得少，没钱买 DVD 光盘，所以就上网或者租碟来看。我很好奇之后的剧情走向，加上六花实在太可爱了，所以我重温了好多回。我有时会想，如果聊动漫话题，也许我就可以和现实中的女性说话了。

“在秋叶原这些地方，偶尔会碰到一些‘美女与野兽’的情侣组合。可能是因为都是宅男宅女，双方兴趣相投吧。看到宅男和现实中的女孩子出双入对，真是让人又羡慕又嫉妒，那种人凭什么有女朋友啊？可我的被害妄想症又挺严重，和女孩子说话的时候打不开心扉，没法交流。打个招呼倒是没问题，日常对话就很难了，所以交不到女朋友。”

本山从小觉得自己平平无奇，坚信女孩子不愿意和自己扯上关系。小学高年级以后，他就没和女生进行过深入的交流。

在异性面前，他会身体僵硬，说不出话。被害妄想症一发作，就容易紧张，头脑随之混乱，进而越发词穷。每当面对女孩子，他都会陷入这个恶性循环之中。

“中二的六花虽然让人心疼，但这也说明她单纯，让人觉得特别可爱。”

果然，本山也有强烈的处女情结。《中二病也要谈恋爱》中的小鸟游六花虽然已经在读高一，却还保留着小学生一般的稚气和天真，显然不应该是三十多岁的成熟男性的恋爱对象。形象设定上，她既然是未发育成熟的少女，那么当然也应该是处女。

“成人后还在中学时期失意的阴影中停滞不前。”处男身宅男的这些特质在本山身上展现得淋漓尽致。

为处女而守贞

“不是处女的女人就像别人穿剩的衣服。这辈子如果有和女性上床的机会，我想选个处女。因为我占有欲很强，我希望她只属于我。当然，这是理想状态。如果是只交过一个男朋友的女生，我会和她做普通朋友，但肯定不会和她上床。至于那种有两三个前男友的女生，我想都不会想，在我眼里这样的人已经不算人类了。处女之所以令人向往，是因为她们不谙世事，纯洁美丽，有没被祸害的完整身体。交往的话我的绝对前提条件就是她必须是处女。最近好像有一些女性喜欢处男，我觉得挺恐怖的。如果我碰上的话，绝对会逃走，因为一旦有过性经验，就会被那些干干净净的处女嫌弃了。也许不切实际，但是我会一直等下去，直到邂逅自己的理想女孩。”

本山出生于 1982 年，同年出生的还有日本知名男团“岚”的成员樱井翔、相叶雅纪及著名棒球选手内川圣一和内海哲也。“经历过两三个男人就不算人”这种话，不像是这个年纪的人能说出来的。

“我没有在意过现在这份工作有没有前途，从小到大我都没有考虑过自己的未来。我心理素质比较差，所以一直在逃避这些问题。我不喜欢被别人骂，现在这份工作不会被骂，这样就足够了。面对指责，我一般得用一周的时间化解心结，也没法工作。我之前因为觉得打日工不太稳定，怕连房租都付不起，所以尝试过去超市应聘。虽然被录用了，但我没去。别说朋友了，我在东京连个认识的人都没有，凡事细想，连日子都过不好，所以我就放弃思考了。打日工也行吧，设想以后住桥洞，我也无所谓了。比起一边挨骂一边拼命工作，倒不如当流浪汉呢。落得今天这样的下场，全都怪自己。我已经对自己绝望了。我一直都厌恶自己，嫉妒那些性格开朗的人。现在连嫉妒别人这事儿都觉得累了，放弃了。八年前我来东京，第一年就放弃了所有期待。我来这儿并没有什么具体的目的，只是觉得在这儿会发生些什么，结果什么也没有。我想可能和人有接触了就会发生点儿什么，注册了MIXI[1]，还参加了线下聚会，但还是什么都没发生，就厌倦了。”

进京以来的这些年，本山一直从事着按日结算的派遣工作。前一天的下午4点前跟公司表明工作意向后，公司就会通过邮件把工作条件和地点发给他。到达指定地点，

1　ミクシィ，日本的一种社交软件。——译者注

在规定时间内完成指定的工作，他就可以拿着 7200 日元回家。平常上一休一，下班后就在小单间里看动漫，数年如一日，重复着这样的生活。

365 天只有 AKB48[1]

“现在正在办总选拔赛，所以我买了 300 张《拉布拉多猎犬·剧场盘》。”

33 岁的增井惠一（化名）指着房间里散乱的数十张 AKB48 新单曲唱片《拉布拉多猎犬》说道。他独居的小开间里塞满了海报、现场照、碟片和收藏小卡，清一色的 AKB48 产品。2014 年 5 月 20 日是 AKB48 单曲总选拔赛的第一个投票日。当天，增井收到了一个纸箱，里面装有 300 张《拉布拉多猎犬》唱片。他用了一个晚上输入了其中 150 张的序列号，进行投票。我是通过一家爱豆杂志的编辑部认识增井的，他是这本杂志的铁杆读者，也是经过身份确认的中年处男。

1　日本女子演唱团体。——编者注

“根据速报，美樱现在是第22名，获得7114票。她去年才位居第59名，看来我的这150票还是挺关键的。其他人可能就只投了二三十票吧。我要把剩下的150票都投给美樱，然后再补50张投进去。美樱的名次就靠我了。”

增井将HKT48组合的成员朝长美樱唤作“美樱”，像是在叫自己的妹妹或者恋人那样。他全力支持的爱豆是AKB48的姐妹组合、以福冈县福冈市为主要活动据点的HKT48组合二期成员朝长美樱。朝长美樱今年16岁，福冈县人，目前是一名在校女高中生。总选拔赛的速报值会在唱片发售的第二天公布，所以他所说的得票数是指首日的得票数。AKB48总选拔赛有300多名在团女子成员参赛，每张唱片内含一张选票，根据得票数来评判每位成员的人气。在总选拔赛中胜出的关键就是要尽可能多地抓住增井这类“顶级宅男”的心，毕竟他们能凭一己之力投出50票、100票，甚至200票、300票。目前，获得38582票的指原莉乃以压倒性优势暂居榜首，排名22的朝长美樱正在全力追赶。

“美樱的魅力就在于可爱，还有就是她笨笨的。唱歌、跳舞、发言，她都不擅长，再怎么努力也赶不上这些方面做得很好的其他成员。但她只要莞尔一笑就会让人觉得特别可爱。可能是她给人一种亲切感吧，就像自己的妹妹似的。HKT48由美樱和另外一个叫田岛芽瑠的女孩组成双C位，田岛和其他成员的技术和能力都比美樱强，但我就是觉得美樱好。能看出她很努力，所以我愿意支持她。"

我请他展示朝长美樱的现场照。是一个娃娃脸的短发女孩。幼齿的长相搭配似乎已经发育到D罩杯的胸部，简直是一名从二次元里走出来的美少女。当然，她肯定也是处女，这是最重要的前提。虽然其中150票都出自增井惠一一个人，但她能在总选拔赛速报值中排到第22名，说明其人气还是很可观的。

"AKB和HKT每年总共会出六七张单曲专辑，就算没有总选拔赛我也会买50张左右。剧场盘单曲会附赠单独握手券，按一张握手券可以握手10秒左右来算，50张就是500秒，大概8分钟。所以我去握手会都要瞅准时机争取排在队末，然后拿出50张券，就算不能撑满8分钟，至少也可以有几分钟的说话机会。也不是每次都能和美樱说上话，不过我也喜欢其他成员，所以再多买个5张、10张专辑。去年的握手会上，我真排到了美樱那队末尾的位置，第一次和她说了话。结果站在她面前，我紧张得根本没说什么像样的内容。只能问问她巡演的情况，让她小心别感冒，还有说希望她能在某一首歌里当 C 位之类的。虽然就这么几句，但能说上话，我就满足了。”

拿着 50 多张握手券，争夺队尾的位置，他这个做法刷新了我的认知。在他心里排第一的是朝长美樱，但也有儿玉遥（HKT48）、大岛凉花（AKB48）、须田亚香里（SKE48）这样也能在他心里排得上名次的其他女孩，他在握手会上根据现场情况来判断能争夺某个队伍的末尾，排到后，忐忑地享受短则 1 分钟，长则几分钟的对话。当前，这就是增井接触现实女性的唯一方式。

300 万日元存款挥霍一空

增井在一所小学到大学一贯制的私立学校任职。据他说，他所在的部门以事务性工作为主，几乎没有人员变动。生活中，他也没有和单身女性接触的机会。从支持朝长美樱这点来看，增井有偏好年轻可爱小女生的萝莉情结，而要想在工作中寻找心仪对象，对象就只有女学生了。

他的年收入大概是500万日元，每月到手30万日元左右。扣除90000日元的房租、水电燃气费和50000日元的伙食费，剩下的约16万日元他几乎全都投在AKB和HKT的相关事物上。AKB48的单曲专辑一年会发售数次，增井每年平均要花约50000日元买50张附赠单独握手券的剧场盘，还要花20万到30万日元在总选拔赛时去商店购买两三百张单曲的初次限定盘和普通盘。除此之外，他还会参加网上的粉丝俱乐部，如果抽中以“去见爱豆”为主题的剧场公演观看资格，他就会去秋叶原的AKB剧场，甚至前往博多、名古屋等地观看演出。20000日元的DVD套装是他的必购品，除此之外还有组合成员生写真或签名照题材的收藏卡和新出的各种周边，他也逢见必买，将自己的工资挥霍一空。自从沉迷AKB48，原有的300万日元存款在几年间不断减少，如今只剩不到30万日元。

“要是抽到看HKT剧场演出的机会，交通费和住宿费就要80000日元左右，单曲唱片要花50000多日元，总选拔赛还要花20万日元左右，开销还是挺大的。不过AKB

和其他女团的成员都那么努力，所以我要全力支持她们。光是在握手会上被她们感谢一下，我就已经心满意足了。”

增井周一到周五去学校上班，尽量在下午6点准时下班回家，收看每天在DMM[1]上直播的AKB48、SKE48、NMB48、HKT48演唱会。如果来不及回家看，他就会躲进学校附近的咖啡店用iPad查看自己支持的爱豆当天的表现。观赏完直播，他在回家的路上还要逛爱豆的博客、推特和Google+（在粉丝圈被称为“gugutasu”）。除此之外，他会在LINE等二十多个AKB相关群里与握手会上认识的粉丝交换咨询，再浏览AKB的演唱会DVD、杂志、书籍等相关信息。这样折腾一场下来，早已是半夜了。

周末，增井从上午就开始逛秋叶原，爱豆周边店里买生写真和亲笔签名卡。要是抽中看剧场公演的资格，他就去AKB剧场观赏现场演出，没抽中，也会在剧场大厅里通过大屏幕收看。用餐就去秋叶原站前面的AKB咖啡店，有时也会和社交平台上认识的粉丝朋友见个面。工作时间以外，他将所有的精力都花在了AKB48的应援活动上。

1　以数字娱乐为主的综合性网站。——译者注

“在遇见 AKB 之前，我有时还会感到孤独，或者觉得童子身丢人。现在，那种自卑一点儿都没有了。我已经放弃了恋爱、结婚这类所谓的正轨，而且知道这样想的也不止我一个。再说我还能在演唱会和握手会上见到美樱，人生没有缺憾了。”他带着灿烂的微笑，开心地说道。

和前女友没有性关系

增井将自己的闲暇时间和金钱全部花费在与 AKB 相关的事情上。他将人生价值、恋爱观、兴趣爱好、心灵归宿全都凝结于应援 AKB 这个行为上。

虽然他与朝长美樱只是粉丝与爱豆的关系，但由于增井将朝长美樱当作自己的恋人或妹妹那样给予全力支持，所以他并不会在日常生活中感到孤单。伴随新唱片发布的握手会经常有，在线演唱会更是每天都举行，还能通过社交平台与爱豆本人互动，生活中到处都是各式各样的周边产品。的确，他过得很充实，和普通的谈恋爱并没多大区别。

“我一直不擅长面对女孩子，可能是因为想太多了。

初高中的时候受欢迎的那些人要么是运动高手，要么就是不良少年，我这么一个平平无奇的转校生，根本没有女生会搭理。高中是大学附属的男校，一个女生都没有。男校学生里，只有不好好学习的才会和女孩子有往来，像我这种文文弱弱的，根本没机会。高中三年，我一次都没有接触过女生，也没碰过动漫或追星。那时候我土到只会捧着收音机听听笑话。

“上大学后虽然周围突然多了很多女生，但我不知道该如何是好。我加入了舞台艺术社团，被要求在迎新会上出个节目。我在台上脱下裤子露出屁股，想用男校那一套来逗笑大家。结果吓得女生惊叫起来，搞得我很尴尬。本来我就脆弱，直接被这件事压垮了。所以大学时期我和女生也是零接触。”

大学毕业后，增井就入职他现在工作的私立学校。在他步入社会第二年，有一天和大学社团的团友一起喝酒，旁边坐了一位比他低一届的学妹。两人聊了剧团和笑话，非常合拍，之后便开始单独见面。

“一开始，她好像挺讨厌我的，因为觉得我不入流。我们上学的时候几乎没说过话，但聊了一阵子后发现还挺聊得来的。那次喝酒之后，因为我们的工作地点离得不远，就开始单独见面了。一起吃过几次饭，去了像迪士尼乐园这样的地方约会之后，我问她要不要和我交往，她就答应了。因为是初恋吧，我很喜欢她。但也干了不少约会当天睡过头，或者拿通宵工作太累当理由放她鸽子这种事。可能抱着一种向自己喜欢的人撒娇的心理，觉得反正她也喜欢我，所以应该能体谅我吧。结果最后我们没有上过床就分手了。我觉得我把她神圣化了，没法把自己的那种欲望宣泄在喜欢的女性身上，会有愧疚感，觉得不能对身边的女性做那种事。”

增井说他不但从没有要求过与女方发生关系，甚至在女方主动发出邀约后，他也没有答应。两人曾经喝酒到深夜，错过了末班车。女方提出一起过夜，于是两人去了情侣酒店。但就算是有过几次这样同床的机会，增井也都压抑自己，没有碰她。

“我没有和女人上过床，不知道该怎么做，可能也有害怕的成分吧。不过主要还是因为我不能把‘喜欢’这种感情和性欲联系在一起。我不想用肮脏的性欲玷污自己的心上人，所以现在也只是对着成人影片和网络视频手淫，但是绝不会对着 AKB 的视频做这种事。”

交往一年之后，女方提出了分手。

“有一天她突然说自己要结婚了，而且她已经怀孕了。我蒙了，大脑一片空白。怀孕说明肯定是和别人上床了，那时我才发现她一直脚踏两条船。男方是和她同级的传媒系学生，她一个人在那儿喋喋不休，我无从开口，只是沉默地听着，心里还在复盘自己是不是做错了什么。这个打击太大了，我好久都没缓过来。其实过后冷静想想，是我以前太矫情了，真不是个东西。但是当时我心里真是一片混乱，好几天都睡不着觉，一直头疼，没法工作。吃不下也睡不着，太痛苦了。我从前那么喜欢她、珍惜她，那之后我觉得自己没法相信女人，也相信不了任何人类了。我那段时间经常因为头疼早退，早上也起不来，去看了心理医生之后，被确诊是典型的抑郁症，需要静养一段时间，所以我就休了长假。”

守贞才能应援朝长美樱

2007年，增井精神崩溃，再无法相信他人。在干什么都提不起劲、把自己关在房间里的那段时间，他看到了电视里的AKB48。那档节目报道了在剧场里打拼的女团成员。为了打发时光，他去看了一场演唱会，那些在舞台上挥洒汗水的女孩让他深深地沦陷了。筱田麻里子、宫泽佐江、渡边麻友……他不断更换着自己支持的爱豆，逐渐让 AKB 成为生活的重心。而自从 HKT48 横空出世，他便成为用全部时间应援爱豆的顶级宅男。

“应援她们，让我变得开心起来，有了精神，也能努力工作了。最重要的是她们永远不会背叛我。失恋之后我就再也不相信女性了，也放弃了谈恋爱、结婚这些我不需要的东西。爱豆和粉丝永远不会相互背叛，所以我可以将心比心地支持她们。我不在乎自己是个处男，一直是处男也无所谓，所以我也不会去风俗店。美樱她们这些 HKT 的成员都那么努力，我要去那种地方就对不起她们了。”

他支持朝长美樱，觉得如果自己不是处男就不配喜欢同为处女的朝长美樱。其实就算不是处男也可以应援，但增井已经完全沉浸在 AKB 营造的恋爱假象中了。

增井因为失恋的打击而精神崩溃，失去和别人的信任关系，又因和 AKB 的相遇而克服心病，重返社会。现在看来，他的社会生活既正常又充实。

秋叶原现在是一个被女性排斥的地方，也是能够温柔地接纳那些逃避女性的男性的乐园。这里提供的排解寂寞的方式不计其数，但若单纯比较二次元动漫迷和爱豆粉，二次元动漫迷似乎更注重自己的处男身份。这么说来，应援真人爱豆的爱豆粉更贴近现实一些。

为没有恋人、没有家庭的男性创造无尽的幻想空间，促使他们消费，这是资本主义原理的驱动，但消费者本人似乎也因此而沉浸在幸福之中。

第二章

高学历中年处男

失恋引发的自残

2011年，经济学家饭田泰之进行了一项“不同排名大学间学生思想状况”的调查，以问卷形式考察了不同偏差值[1]的大学间处男率的差异。调查结果显示，东京大学、一桥大学、早稻田大学、庆应义塾大学、上智大学这五所偏差值在70以上的大学，处男率为46.6%；MARCH[2]等，偏差值在60到70的大学，处男率为40.9%；日东驹专[3]

---

1 指相对平均值的偏差数值，是日本人对于学生智能、学力的一项计算公式值。——译者注

2 日本五所著名私立大学，即明治大学、青山学院大学、立教大学、中央大学、法政大学的统称。——译者注

3 日本大学、东洋大学、驹泽大学和专修大学的统称。——译者汴

等偏差值在50到60的大学，处男率为34.3%；偏差值低于50的大学，处男率仅为28.8%。根据调查结果，大学的偏差值越高则处男率越高；女性学生的性经验也呈相同趋势，大学偏差值越高则处女率越高。

学习时间越长、娱乐时间越短，确实越容易拿高分，这种现象在大学的偏差值和童贞率中体现得淋漓尽致。

山下博（化名，34岁）在一家涂料制造公司的研究室工作。他从没有过和女性牵手或接吻的经验，是一个彻头彻尾的处男。山下大学时期在一所偏差值70以上的旧帝国大学派大学的工学部就读，本科毕业后他继续攻读硕士，专业是应用化学，从事蛋白质及多肽方面的研究。取得硕士学位后，他就留在实验室工作，今年已是第九个年头。

山下浑身散发着阴郁的气息，看起来乏味无趣。他低着头，避免和我对视，笨拙地打了招呼。从这几个动作就能看得出，他不太擅长与人沟通。山下没什么兴趣爱好，到了休息日会去参加他从学生时期就一直信奉的新兴宗教的活动。我托人向他发出采访邀请，他勉强同意了，然后让我到位于东京郊区的宗教团体总部附近的车站找他，他说自己每周都会去那儿。

“很多人都不喜欢我。单位领导和营业部的同事都疏远我，有点儿像职场霸凌。可能是因为我学历高吧，高学历会遭人鄙视。这种霸凌我倒是也习惯了，现在这个宗教可以帮我渡过难关，所以我对它的信仰很坚定。没有人喜欢我，我也没有女朋友，几乎不会有和一帮朋友一起玩耍的场合。这个宗教出现在我生命中，让我知道现在欺负我的人迟早会遭报应，所以我觉得这些人挺可怜的。我大学时有些心理问题，通过同学介绍加入了这个宗教团体之后，心理状态就好多了。我修习教义，诚心祈祷后考研顺利，如果没有遇到它，估计我的人生就是一片灰暗，也改不掉划腕自残的习惯。”

我还没开口提问，山下就喋喋不休地讲述起自己的事。一上来就提新兴宗教，让我有些吃惊，但他看起来也确实不是那种能分清场合、察言观色的人。

山下从小不擅长交际，在学生时期和进入职场之后，都始终无法融入环境，因此时而受到周围人的排挤。他深信，之所以长期被霸凌是由于自己拥有一流大学的傲人学历。但上市公司的白领因为高学历遭到霸凌，这种说法未免有些牵强。

他希望通过信教来治愈日常生活中遭受的精神创伤，

但这种信仰似乎将他引向越发偏离正轨的道路。一般人不会对刚刚认识的人随意谈起新兴宗教，但他却说得很投入。

山下的两只手腕上有不那么明显，但密密麻麻、微微凸起的条状伤痕，它们应该是旧伤了。仔细看的话，他脖颈左侧还留着两道触目惊心的割伤痕迹。“划腕的习惯，是大学时期开始的。我那时失恋了，喜欢的女生不把我当回事。划腕能减轻痛苦，后来就成习惯了。不过也有几次我真的是奔着死去的。还有一个原因就是想引起周围人的关注吧。但实际上我越是自残，大家就越疏远我，虽然我的本意是想通过划腕让周围的同学和女孩子担心我，问我一句：‘没事吧？’大学时我追过一个女生，她叫山村。”

山下来自大分县的偏远地区，当地人“好面子”，凡是有人考上好大学、拿到含金量高的资格证书，或进了知名企业工作，就会被吹上天，成为小镇的焦点。山下的母亲完美地承袭了这种价值观，从山下记事起就一直把“好好学习，将来考个好大学”这样的话挂在嘴边。

正因为如此，山下从小学低年级起就勤学苦读，过长的学习时间，使他没有机会和朋友一起玩耍。他按照母亲的要求每天预习、复习，从未懈怠，成绩一直名列前茅。在学校里他是公认的“学霸”，但也因此开始被霸凌。别说受女孩子欢迎了，连同性朋友都没有。直到高中毕业，他都几乎没和女孩说过话，就这样考入了一所国立大学，在 18 岁那年离开了故乡。

大三时，他邂逅了据说长相酷似上户彩的女同学山村。

“我和山村小姐是同一所大学里工学部应用化学专业的同届。大三一起上课时，我对她暗生情愫，有种初恋的感觉。我们平时会一起去食堂吃饭，不知不觉，我从早到晚心里想的都是她。过了一段时间，我向她表白，结果她直接用一句‘不可能’就拒绝了。我以为她也会愿意和我交往，所以才表明心意，但换来的却是晴天霹雳。那之后我的精神状态就变得很糟糕，开始失眠。晚上睡不着，早上起不来，不去上课，也不去打工了。又过了一阵子，我发现她原来有一个谈了很多年的男朋友，我却一点儿都不知道。遭受被甩的打击后，我开始划腕。起因是我在网上看到一个帖子说划腕可以减轻精神上的痛苦，试了一下，发现真的有用，这之后就停不下来了。”

女方的一句“不可能”，没能让山下彻底死心。他去上课时在教室里看到山村，脑子里就不由自主地想到自己的心上人已经名花有主。嫉妒和绝望让他处在崩溃的边缘，继而引发自残的冲动，甚至等不到回家。不知不觉地，他开始在学校厕所里划腕了。

精神病院

山下的话匣子一旦打开，就关不上了，旁人只能单方面聆听他的独白。“我以为山村小姐不可能拒绝我。那是我第一次喜欢上别人，所以没法立刻就忘掉她。表白之后，山村小姐就开始有意回避我，若眼神碰上了，她会先别过头去；若在走廊迎面遇上，她会见了鬼似的跑开。我根本无心学习，彻夜难眠，经常划腕，手腕上的伤就是当时留下的。我割了成百上千回，这些伤痕过了十多年都没有消去。划腕时真的很痛快，绝望感也会跟着淡去。但划完不一会儿我又会想起山村，心里充满绝望，再划腕，反反复复。”

山下用来划腕的是一把剃须刀。当时，他两只手腕上鲜血淋漓的新鲜伤痕非常醒目，学校厕所里经常出现的血迹也引起了周遭人的注意。他家常便饭一样的自残行为，不仅在同班同学间流传，还轰动了全校。在教师的劝导下，山下接受了校内的心理辅导。

“心理医生就是听听我说的，这样根本没法帮我戒掉划腕。谁都有情绪周期，会定期陷入情绪低潮期，我就这样持续划腕了半年左右。也是想用越来越严重的伤势引起山村小姐的担忧，还有让学校的心理辅导员和校医能对我更上心一些。他人的关心也能让我心里多少舒服些。”

终于有一天，他的这种想法酿成了大祸。

某天山下上完课准备出学校时，正好看到山村从校门走进来，身边有位高个子的陌生男子。当时山村看上去很高兴，走起路来都连蹦带跳的。两人有说有笑地和山下擦肩而过。

“就是那一次，我直接割喉了。我认定和她一起走的那个人就是她男朋友，他们俩从我身边走过去的那一瞬间我就不想活了。我在校门口同时割了腕，又割了喉。因为割到了手腕和脖子上的大动脉，所以当时的出血量惊人，校门口满地都是血。我听见尖叫声，周围顿时爆发一阵骚动。这次割喉，让我直接被送进了精神病院的封闭病房。我被诊断为边缘性人格障碍。病房装着铁窗，还有人随时来检查我身上是否携带刀具。连每天早上刮胡子，身旁都有专人监视，我在那么一种生活环境里住了大约四个月。”

在精神病院期间，前来看望山下的同学向他介绍了新兴宗教。他读了同学送来的教会期刊和典籍，了解到该教的教义是信则幸。于是，他开始熟读典籍，诚心祈祷，感觉自己的精神状态逐渐好转。

山下入教后，虽然偶尔还是会划一下手腕，但再没有过像自杀未遂那次的毁灭性举动。

“听说山村小姐要参加工作，为了报复她，我在精神病院里疯狂学习，总算能毕业了，也考上了硕士。专业和大学时一样，依然是应用化学。”

为了报复。可见山下的世界里只剩下了学习好坏、学历高低、就读学校优劣这些价值准则了。因为想要报复拒绝自己的山村，他才决定考取硕士。其实即使他考上硕士，也不会对山村产生任何影响，但他不具备这样客观思考的能力。

“直到在读研的时候邂逅了惠子学姐，我才完全放下了山村小姐。我第二个喜欢上的人就是温柔美丽的惠子学姐。她教了我很多东西，比如研究方法之类的，我对她算是日久生情吧。但我这次没有表白。山村小姐的事让我产生了心理阴影，害怕真正的恋爱，所以就把自己的感情藏在心底。如果再度精神崩溃的话，我这辈子就完了。因此，我和共处一间实验室的惠子学姐一直保持着朋友关系。而且读研的时光很短暂，就业以后很可能就要面临分别，所以好像大家都在回避恋爱关系。所以我只能幻想，只要闲下来就幻想和惠子学姐恋爱，赤裸身体相拥，和她结婚……现在想来有点病态，但当时的我就是那样的。”

所谓幻想，就是“将违背事实的事当作事实，并深信不疑的状态”。

他没法向比自己大一届的惠子表露心意，并进一步发展关系。约会、共进早餐、共浴、结婚……一切都是他的幻想，他在幻想中获得了精神上的满足。

在幻想中脱处了

山下像是想起了什么，拉开了他的大手提包，拿出一本 16 开的大学生用笔记本，上面写着“2004 年 5 月—2005 年 2 月日记”。

“这是我大学时的日记，内容全是关于惠子学姐的。”

山下的字圆润饱满，像女生的笔迹。写日记的频率是每周两至三次。里面全是写给惠子的话。

2004 年 8 月 2 日

我很想和您约会。但我知道，您现在忙着写硕士毕业论文。在您提交论文之前，我会默默守护您的。

我一直在为您加油，所以，也请您支持我。

将来，我是打算和您结婚的。我眼里只有您，也希望您只看着我一个人。

您是带给我光亮的女人，您和此前我遇见过的任何人都不一样。

您宛若萤火，散发着温柔的光。

如果您硕士毕业后直接入职研究生院从事研究工作，那么我也想继续在这里读博，然后能和您结婚就好了。我们可以做一对珠联璧合的完美夫妻。我想我们两个都会无比幸福的。

2004 年 9 月 7 日

惠子学姐，感谢您一直守护着如此弱小的我。和您说话时，我总是心跳加速，因此我一直在服用镇静剂。药是我去大学保健中心开的，靠它撑着。

我按您说的，决定不去读博，直接去找工作了。还是您说得对。

我现在在想，等我找到工作，您也工作之后，我们就结婚，然后去挣很多很多的钱。就算实验室里的其他人都讨厌我，只要有您在，我就会一直努力。

上次您帮我完成我没办法独立完成的工作，我真的很开心。

您喜欢猫，经常关爱那些流浪猫。我也喜欢猫。我们住在一起后，我想和您一起养猫，和您相爱。

也许我们前世是一对夫妻。毕竟我们是同类人，也很合得来。我一直关注着您，也知道您的住址，是不是有点像跟踪狂呢？

2004 年 11 月 12 日

我马上就要因为就职和您分别了。就好像以前要上战场的士兵和心爱的女同学分别时那样，我心都要碎了。

但我相信我一定能和您结婚。我无法和您以外的任何人结婚，也不会喜欢上别的异性。我每晚都梦到您，因此我每晚都很幸福。

我和您在一起最开心的回忆是实验室之间搞垒球比赛时，和您一起练习投接球。下次我们在一起，应该是在我们领证之后了。

知道您要去横滨的研究室了，我希望自己也能去关东地区工作几年，然后就和您结婚。

我讨厌自己的姓氏，想赶紧改成您的姓氏。

我总是注视着您，您一定也离不开我。我相信我们一定会结婚的。

日记中频频出现“结婚”二字。现实之中，山下和惠子只是共处一间研究室的同事而已。估计惠子做梦也不会想到山下如此爱恋她。只有山下自己坚信能和惠子结婚，且这样的幻想日益膨胀。

“对惠子学姐的幻想大约持续了10年。现在我喜欢上了公司一个新来的女员工。她的出现让我停止了一直以来的幻想。惠子学姐去横滨的研究室之后的10年间，我们没见过面，也没有联系过对方。研究生时期，我们在同一个研究室做事也就只有一年时间，我猜她都不会记得我。是我有段时间偶尔分不清现实和幻想罢了。跟惠子学姐的关系，完全出于我单方面的幻想。这么说吧，不断幻想特别幸福的场景，让我很开心，获得了极大的精神满足，所以上班后我也还继续着这种幻想。”

山下已经在这家大型涂料制造公司干了8年。

他在这里重复着单调的化学分析——往油墨或黏着剂里添加什么，能让涂料变得好看，或更有层次感。他在公司也会碰到人际关系的问题，一有不顺心的事，就通过想象和惠子约会、结婚、做爱的场景，来渡过难关。完全是在逃避现实。

“我虽然在现实里是个处男，但在幻想中已经和惠子学姐无数次结合在一起了，所以不觉得自己是处男。但这不意味着我就想在现实中脱处。我对风俗店什么的不感兴趣，维持现状就挺好。”

或许是又想起了阔别已久的惠子，说话间他脸上洋溢着灿烂的笑容。

AV男优铃鹿一朗

中年处男的分类五花八门，但大致可以划分为低学历和高学历两类。其中，擅长知识学习的高学历中年处男占多数，他们与大多挣扎在低门槛劳动密集型产业的低学历中年处男有明显差别。

高学历中年处男在知识学习中获得过成功体验，但因不知如何面对女性、如何交际，被社会排挤在外。学生时代的同学们大多奋斗到了社会的顶层，而自己也曾有过学习、学历上的成就，所以他们心高气傲，认为自己本不该如此。但或许是苦恼于人生不顺，他们会滋生出自残倾向，在生死之间苟延残喘地活着。

提到“高学历”“中年处男”这两个词，我想到了AV[1]男优铃鹿一朗。20世纪90年代末，刚开始写作的我，在AV拍摄现场第一次见到他。身为AV男优，却没有办法和女性做爱，这使铃鹿一朗的精神逐渐崩溃，最终在33岁那年选择了自杀。成人影片这个行业聚集着思想、行为超脱常识和制度、想通过拍AV一夜暴富的人。或许正是因为这种特征，这个行业从业者多数死于意外事故，而非疾病或衰老。

我找出了自己十多年前在一本面向男性的杂志上发表

1　Adult video 的简称，即成人影片。——译者注

的一篇有关铃鹿一朗的稿子。

2002年10月，当成人影像制作公司V & R的工作人员致电铃鹿一朗发出拍摄邀约时，接听电话的似乎是铃鹿的母亲，她在电话那头喃喃道："那孩子从公寓跳楼死了。"铃鹿一朗，享年33岁，一名特殊的AV男优。绝望之下，他翻过阳台的栏杆，终结了自己的生命。

从出生起，他就劣于他人，经历一次又一次挫折后，他彻底被负面情绪所支配，走向了悲惨的结局。他没有工作，也从没有过恋人。每晚观看租来的巨乳主题成人影片自慰，这是他和女性唯一的交点。他渴望触摸那摇晃的乳房，渴望把脸埋进柔嫩的双乳，于是决定当一名AV男优。他想成为AV界的铃木一朗[1]，所以给自己也起了"一朗"这个名字。

他从自己居住的15层公寓的顶楼飞身一跃，头部朝下坠落到漆黑的柏油路上，当场毙命。当时还不到凌

---

1 イチロー，原名铃木一朗，日本著名职业棒球手。曾效力于美国职业棒球大联盟，保有大联盟单季最多安打记录以及连续10个赛季能击出200支以上安打的吉尼斯世界纪录。——译者注

晨5点，没有任何人发现，他就这样悄无声息地结束了自己的生命。铃鹿一朗，从未有过做爱体验的AV男优，他诅咒这个让他彻底放弃梦想、理想和希望的世界，没有工作、没有朋友、没有恋人，甚至没有快乐的回忆，坠入绝望的深渊，就这样从世间消失了。

[*Video The World*（《视频世界》），2003年11月号]

还记得我第一次与他见面是1998年，在一个成人影片的拍摄现场。

那时的成人影片市场还是比较松弛的，会举办公开招募男优的活动，家住神户市的无业青年铃鹿一朗前来参加试镜。影片女主演问他为什么要当AV男优时，他一脸严肃地回答："我想出名。我要成为明星，让大家高看我一眼。"当时铃鹿28岁，无业在家且年少秃顶。他严肃地说出"明星"这个词，着实令人震撼。他给人的印象是高度自尊，且极度主观。

在那之后，我偶尔在年会和拍摄现场见过他几次。感觉越来越频繁地听他说"活着什么好处都没有"这样带悲观色彩的话。两年后，似乎是因为植物性神经功能紊乱，他的舌头开始不停地抽搐，已经不能出镜了。铃鹿一朗本来因过人的恶心氛围能让女优在镜头前表现不悦，而受制作方的青睐。五年间，他持续出演一些边角料的角色，但直到最后也没有得到在片中做爱的机会。

还记得我从AV界的熟人那里获知铃鹿一朗去世的消息时，并没有怎么诧异，反而觉得他结束生命是迟早的事。

然而，铃鹿此前是抱着想要脱处的积极心态才立志成为AV男优的，为何会被逼到自我了断？

铃鹿老家在神户市的繁华街区，每接到拍摄通知，他就会乘坐普通列车，花费很多时间来到东京。他选择终结生命的高层公寓，位于神户市最好的地段。铃鹿出生在一个富裕的家庭，至死都在啃老。

从小他就只擅长学习，曾经想过成为医生或是律师。他第一次受挫是在中考——进入当地升学率很高的超一流高中，作为名校精英大展宏图并拥有精彩的人生，这样的幻想因考试落榜而破灭。不得已他含恨进了一所中等高中，为了东山再起，报考了好几所大学的医学部，但最终都没有考上。最后他去了水产大学校，那是水产厅的一个附属机构。

水产这种不入流的行业，没能让铃鹿看到像医生职业那样光鲜的前途。他最想要的是至高无上的社会地位，想成为高高在上、受人艳羡、身边女人不断的人。

一举逆袭的职业

放弃当医生的梦想后，铃鹿一朗不知如何才能成为超级大赢家，成为女人们众星捧月的对象。泡沫经济时期的就业市场属于卖方市场，这使他也得以在创业板上市公司工作。以现在的评价标准，在上市公司工作本身已经是有一定的社会地位了，但当时的风潮却认为上班族不过是社会的齿轮，一点儿都不耀眼。

对铃鹿来说，成为上班族就是一种妥协。进公司后，他被分到营业部门工作，仅仅一天时间就心生厌恶。一周后，他大嚷着向上级提出辞职："凭什么我得做这种工作？"那时，他打心底里觉得自己不属于在别人面前低三下四的低水准人群。

22岁，他辞掉了工作，也就从那时起，他开始脱发。每洗一次头，头发就大把大把地脱落，他的发际线越来越高，头皮也露了出来。谢顶会遭到女人的嘲笑，她们的奚落不绝于耳。未成赢家先秃顶，这使他无比焦虑。

从那段时间起，他就开始怨恨起自己不幸的人生。连实现吸引女性这个自己最看重的目标都变得十分渺茫，又找不到新工作，铃鹿开始了蛰居生活。他的兴趣就是攒钱和打游戏，他分文不动地存下打工赚来的钱和父母给的零花钱，就是因为喜欢存折上的数字一点点变多的感觉。对他来说，存折上的数额也许是唯一的心灵港湾。

如此爱财的铃鹿，是个不折不扣的吝啬鬼。AV 制作公司的工作人员去神户时提出让他请客，他连连拒绝，最后万般无奈地带对方到车站前的一家立食荞麦面馆[1]，也不问对方想吃什么，就直接点了两份单价 180 日元的清汤乌冬面，算上自己那碗，不情不愿地支付了 360 日元。

由于常年没有工作，铃鹿越发憧憬能够一举实现绝境逆袭的职业。一个没有工作经验的谢顶青年想完成“屌丝逆袭”，就只有“走红”这一条路了。他想去当歌手或者艺人让自己成名，尽快告别当下挫折不断的人生状态，于是去书店翻阅各种杂志，获取艺人经纪公司和

1 立ち食いソバ屋，日本的一种特色面馆，只能站着用餐。——译者注

电视台的地址，前去参加试镜。幻想着即将收获的成功，铃鹿填写了一份又一份的个人资料。然而，以杰尼斯事务所[1]为首的偶像经纪公司连他的名字都不看一眼，瞬间就毙掉了他的简历，而投往演员经纪公司的简历也都石沉大海。他既不擅长唱歌也没有口才，因此这个最后的幻想其实也无望实现。

但是，越是落选，他那希望成名的意愿就越强烈。他去应聘电视节目组的临时演员，也会参加业余录制的节目，并录下所有自己出镜的镜头。每天反复观赏回味有自己的画面，成为他的又一乐趣。

“如果歌唱大赛上被淘汰，我就去死”

铃鹿的生活已经昼夜颠倒——蒙头睡到中午，起床后玩游戏到傍晚，晚上到位于新开地的繁华地区闲逛。这就是没有恋人也没有朋友的铃鹿的全部生活。他瞪着那些消

1　ジャニーズ事務所，创办于 20 世纪 70 年代的艺人经纪公司，2023 年 10 月更名为 SMILE-UP.。——译者注

失在情侣酒店的情侣，咬牙切齿地租来成人影片，自慰到天亮，就这样周而复始。

他喜欢巨乳。饭岛直子的胸部让他曾无数次达到顶点。被艺人经纪公司无视多年后，铃鹿想到另辟蹊径，通过当 AV 男优来成名。AV 男优唯一美中不足的就是社会地位不够高，却可以吮吸梦寐以求的巨乳，能把脸埋到双乳间和女人做爱，除此之外又有钱拿还能出名，这样想来，哪怕是他那心高气傲的心灵也可以接受了。

29 岁时，他报名了业余男优公开招募计划。因为少年秃顶和令人生厌的外观特点，他受到制作方的青睐，成功参演了一部成人影片。虽然只是因为不讨喜的外观和秃顶引发了制作方的猎奇心态才拿到了角色，但当时铃鹿的目标是成为加藤鹰[1]那样君临业界的存在。然而，他参与了好几次拍摄都被女优们嫌弃，始终没机会和她们做爱。这样的 AV 男优生活完全偏离了他预想的轨道。

女演员都乐意被好看的男演员触摸，而轮到铃鹿时，她们经常会骂他恶心。连社会地位低下的 AV 男优都无法胜任，这样的现实让他绝望，最后导致精神崩溃。31 岁

1　加藤鷹，号称日本最著名的 AV 男优。——译者注

时，他因为植物性神经功能紊乱，舌头抽搐不止。无事可做的生活让他开始依赖起酒精。谢顶也越发严重，当发际线已延伸到头顶，看上去跟波平[1]一样时，铃鹿终于放弃了成为木村拓哉那样的演艺界超级大赢家。

铃鹿一朗参演的最后一部成人影片中，主角是他喜欢的当红女优。他如往常一样，从神户买青春 18 票[2]，乘普通列车到达东京。这回，他亲眼见到了之前自慰时反复在杂志或成人影片中欣赏的女优。那对真实、柔软的巨乳正是铃鹿多年以来无比渴望的。他想这次无论如何也要获取做爱的角色，却由于舌头抽搐，无法让嘴闭合。当铃鹿接近时，那名女优毫不掩饰地露出厌恶感。于是，那次他也和之前一样，被演员和工作人员当成笑料，而其他男演员早已兴致勃勃地准备提枪上阵了。他按捺不住，将手伸向了候场中的女优的巨乳。原本在镜头前摆出笑脸的女优突然瞪着眼睛甩开他的手，大喊："导演！有变态！我可没法在这样的环境里工作！"拍摄被迫中断了。

1　矶野波平，日本动画片《海螺小姐》中，海螺小姐的爸爸。他头顶上仅有一根毛发，是典型的"地中海秃"。——译者注

2　日本 JR 铁道公司推出的低价车票。——译者注

现场一片骚乱，最后在工作人员的劝说下好不容易才完成了拍摄。铃鹿不明白为什么别人摸可以，自己摸她就会发火。他瞥着一旁怒吼着“不干了”的女演员，暗自在心中做了一个改变人生的决定。

“如果这次NHK歌唱大赛被淘汰，我就去死。”

他小声嘟囔着，失望地返回了神户。这是工作人员最后一次见他。两周后铃鹿一朗从自己居住的公寓跳楼自杀了。怀着能够做爱的愿望，却至死未能实现。他带着处男身，一头撞死在了柏油路上。

NHK歌唱大赛神户站海选赛上，铃鹿倾情演唱了近藤真彦的《外冷内热》。如今在铃鹿双亲居住的神户老家，还挂着他当时紧握拳头放声歌唱的照片。

第三章

网络右翼与中年处男

中年处男在哪里？

寻找能采访的中年处男并不是易事。

虽然我过去采访过不少风俗女、AV 女优和非法人员，但要论困难程度，都比不上让中年处男同意接受采访。

光看结婚率和性生活调查，30 岁以上的中年处男应该是数量非常可观的群体。但他们本人却一直刻意隐瞒自己中年处男的身份。有时看到疑似处男的中年男性，我会委婉地提出采访请求，但我的请求要么被无视，更多的时候会引来怒斥。

于是我四处打听，拜托色情漫画杂志编辑部、护理业、风俗业、AV 业以及学生时期的朋友、熟人帮我一起寻找中年处男。

隔了一段时间，一位朋友联系我说，有一个“网右”

（网络右翼）的中年处男。听说他通过社交平台进行反韩活动，我扫了一遍他的个人账号，满屏都是激进言论。虽然一些言论带有国别歧视，我还是在这里引用他的原文。

> 他们的邪恶程度远超人类想象。仇恨才是朝鲜蟑螂的本能。
>
> 如今左派蠢蟑螂的主张已经变成："《库马拉斯瓦米报告》里从头到尾完全没有提吉田证言[1]。网右真是满口谎言思密达。"还真是不能小看了这群精神病的邪恶和卑鄙！
>
> 就算左派蠢蟑螂叫唤着："南京大屠杀和慰安妇并不是数量的问题。""儿童受害案件数量正在减少思密达。""未成年人违法犯罪事件正逐渐减少思密达。"我也一点儿都不惊讶，这就是这群邪恶的精神病的基本症状。
>
> 就凭支那土人[2]能提出批评，哪怕同样是野蛮，

1　指联合国人权委员会审议通过的针对女性暴力及其原因分析的报告书。——译者注

2　对冲绳人的蔑称。——译者注

他们还算是人，和朝鲜蟑螂不一样。朝鲜蟑螂连人都不是，全国都把提出反日言论的人视为英雄呢。

我们暂且叫他宫田吧。宫田用自己的真实姓名注册，并每天在社交平台上发布激进言论。

这44年，不管是不是会摧毁友情、搞垮自己公司，还是被自己支持的政治家和评论家疏远，也不管对方是什么人、什么组织，只要涉及公权私用的事情和花言巧语的人，我就不会饶过他。时至今日，我也不打算改变分毫。

这是他在社交平台上发布的一段话。能看出来，他横下心要将网络右翼活动持续下去。

网络右翼是一个群体的总称，专指在网络社交平台、网络论坛等场合发布亲近右派、保守主义、民族主义言论的人群。2011年7月，以男演员高冈苍甫（现用名：高冈奏辅）怒斥富士电视台的节目安排“媚韩”为开端，引发了抗议游行活动。大概就是从那时起，网络右翼开始在社会上受到广泛关注。

宫田家住爱知县，我听说由于工作原因，他会经常来东京，所以我拜托他下次到东京时接受我的采访。说是“工作”，其实他不过是在价格较便宜的手机店购买苹果手机后马上支付违约金解约，然后再把它倒卖到东京秋叶原收购价格最高的店里。如此不断地重复，他一年就能赚150万日元左右。

“我一直宅在家里看书，所以赚这点钱已经足够了。”

光头配上脏T恤，跟我从看到的过激言论中想象的男性形象别无二致。只不过他看起来比实际年龄44岁要年轻。

名古屋大学硕士毕业的右翼分子

宫田在爱知县租住的公寓每月租金四万日元，为了确保最低收入额，他一个月里大约工作五天。他还是书虫，闲暇时要么读一整天书，要么泡在网络上发表反韩、反华言论。

他的最高学历是名古屋大学硕士，但他故意选择了这种“半工半闲”的生活。

“我倒是不讨厌上班，但我根本就不想赚太多没必要的钱，也不想过上什么美好生活。只要能保证最起码的衣食住行，能看书就行了，所以我一直都是这么过的。每个月干五天，攒够钱就付房租，剩下的 25 天全部用来读书。我干什么都要把读书放在第一位，自然而然就有了现在的生活方式。

“我们这代人成长起来的时期本来就流行自由职业，我从小就觉得自己大学毕业后不可能按部就班地工作和成家，所以对现状没有半点不满意或者不安感。我甚至觉得自己不用工作也能生活，还挺幸运的。”

硕士毕业后，宫田有过一次工作经历。他没有特别想干的工作，所以打工时接受了一家保安公司的工作邀请。然而，他在那里惹了个大麻烦。

“公司因为我精通计算机，正式聘用了我。结果没过多久我就和管理层起了冲突，公司被我给搞垮了。保安业是一个黑心产业，业内都是一群不遵纪守法的家伙，但保安业也有行业法规。我刚进公司时什么都不懂，经常顶撞管理层，说这个是违法的，说那个是违法的。现在想想，确实是太年轻气盛了。但当年我心里就是气不过，于是向警方和税务署举报了我们公司，最终搞得满城风雨，导致公司破产。其实保安这个行业还有一个功能，就是给失业者和辍学者提供一个缓冲带，我当时并不懂得社会是分‘面子’和‘里子’的，只因想自己那自私的正义感而大闹了一通，着实给不少人添了麻烦。把那家公司搞垮之后我就开始了现在的‘半啃老’生活，算来已有16年了。”

宫田是个光头，看起来是那种性欲很强的人，一点都不像处男。

于是，我向他确认道：“请问，您是处男吗？”他重重地点了点头，看来没想隐瞒自己中年处男的身份。他似乎清楚自己没能接触女性的理由，但也没怎么当回事。

“网右里中年处男可多了。”

宅男中的许多人是中年处男，其中多数是具有强烈正义感又刻板的人。他们沟通能力差，不善变通。

除此之外，他们对不正当行为、特权、既得利益等颇为敏感，淡薄的人际关系也使得他们有大量时间栖身于网络世界。他们在聊天框里诋毁韩国人和中国人，逐渐变成种族歧视者。诸如此类的多种因素交织在一起，造就了如今网右中数量庞大的中年处男群体。

正义感爆棚的耿直 boy

从曾在公司不懂变通，为“伸张正义”鲁莽行事，最终导致公司破产这些事情上就不难看出，宫田具有攻击性。

日本是一个法治国家，个人和企业自然应该遵守法律。但过分追究，就属于钻牛角尖了。比如，虽然违反道路交通法，但也有人会在确保自身安全的前提下闯红灯。企业不能靠遵纪守法盈利，所以无论哪行哪业都需要在一定程度上讲究“面子”和“里子”。在许多行业，一味伸张正义、强调权利，会阻碍企业的运营。

不懂变通又正义感爆棚的宫田，从小就被孤立。而如今 44 年过去了，他始终保持着那份童真。

“我从小就没变过。”

他从小学时期开始就不和班里人说话，只一心埋头学习。

“我从小就不会和同学一起打棒球、踢足球什么的。还被霸凌，所以我也从来不和同学出去玩。我喜欢钻进图书馆里埋头看书，享受这份独处的滋味。其实，说‘享受’也许不太恰当。我不擅长沟通，所以人缘很差，但那时自己不愿意承认这点，所以才这样自我催眠的。

“被孤立会引发人的自我正当化，然后诱发被害妄想和夸大妄想。高一的时候我计划实施核爆炸。认真考虑过实现计划的一系列要素：首先需要核弹，获取核弹就得当核弹技师，那就必须加入美军，因而去美国留学也是必要条件。我在笔记本上制订了周密的计划，还写过去哈佛留学什么的。这么做绝不是报复社会，而是我认为这个世界充斥着不正当的和有悖人伦的行为，贪污、诈骗这样的罪恶横行的社会是不健全的，应当由我这个正义的化身来肃清旧世界，开辟新世界。是出自技术人员的想法吧。”

宫田确实可谓“读书破万卷”。他从小学高年级开始博览外国文学，初中时将目光转向了哲学书籍。他的知识储备越发充足，初一时开始觉得同学都是没修养的白痴。

“电视和各种平台不是总在报道政治家钻法律空子、信口雌黄、行事肮脏之类的案件吗？我不能饶恕这种不正当行为，可能因为我的性格和孩子一样纯粹吧。这种性格也是让我搞网右活动的原因。我现在比起以前平和些了，但我就是这种性格，肯定不会彻底改变。”

不与别人说话，只埋头看书撑过来的这十多年里，互联网是宫田的精神支柱。除了看书，他从早到晚都对着电脑泡在聊天室里。不用与人面对面交谈，就能获得别人的认可，这让宫田并不觉得寂寞。然而，毕竟是隔着屏幕在非现实的虚拟网络中与人交谈，所以一旦触及他的逆鳞，他就会变得极具攻击性。

“聚集到网络上的大多都是‘类中年处男’，所以线上的互喷越来越多。我也上过班，但读研以来一直有沟通障碍，我干脆就蛰居了。不上班，成天泡在网上和那些左翼分子对喷，这成为一种宣泄方式。网右和左翼只会在网络上对骂。都是因为左翼总是批我们‘只会在网络上喷’，后来才催生了在特会[1]那样的团体。网右干的基本上就是反驳左翼，左翼占多数的时候，网右只不过是他们的反对者罢了。不过最近形势发生了逆转，网右成了多数派。”

互联网的诞生使社会上的个人主义气息越发浓烈，人们的胸襟也越来越狭隘。这种风气具体来说，就是种族歧视倾向激化为右倾倾向。网络上的“大多数”包含了现实世界的“大多数”。原本只是左翼反对派的网右，近几年来占据了优势，且势头不断壮大。在 2014 年的东京都知

1 不允许在日外国人特权市民会，简称“在特会”。是日本一个极右翼、极端民族主义的右翼团体。——译者注

事选举中，田母神俊雄[1]获得了61万票，网右的影响力已经波及政治层面了。

为什么不接纳这么好的我?

2002年韩日世界杯足球赛让宫田开始质疑韩国。起初他只是在网络聊天室和留言板上表达自己的质疑，随着社交网络不断渗透，这些质疑演变成动真格的反韩言论。

“反韩的契机就是韩日世界杯。但在那之前，我读研时就不信大众媒体。我对《朝日新闻》将一己之见优先于事实真相进行报道深表质疑，于是将韩国和大众媒体合起来骂，思想彻底右倾了。到世界杯的时候我就更坚定一旦和韩国扯上关系，就会发生其他国家不会发生的丑闻、闹剧和麻烦。日本的大众媒体却完全没有报道这个内容。就比如饭岛爱曾经在一档节目中说韩国不好，第二天她就退出了节目。其他的大众媒体也是，对韩国太宽容。我呢，

1 日本右翼政客。——译者注

与其说恨韩国，倒不如说我恨这些对韩国的负面消息装聋作哑的大众媒体。”

在发表反韩、反大众媒体言论的同时，他也开始了与左翼思想的对立。如今，宫田几乎每天都在社交平台上与左翼对骂。

“原本网络环境和‘类中年处男’挺融洽的。‘类中年处男’是指有沟通障碍、宅在家里的人群。硬要分左右的话，直到前几年，他们多数是左翼。没工作也没对象，没有任何可取之处，光在网上发表一下反歧视言论就可以收获好评，这让他们自我感觉良好，能瞬间品味到无与伦比的成就感。不过是发表三两句仗义执言的话、做做面子工程就可以满足自己的表现欲，这让‘类中年处男’基本都站在左派一边。”

栖身于网络、在网络上发表言论的人中只有小部分人能坚持自我，大部分人都是人云亦云。宫田在这里提及的“类中年处男”无关性体验，而是指容易随波逐流的“半吊子”。

现在反韩思潮爆发，《朝日新闻》丑闻不断，右翼因此崛起。容易随波逐流的人必然也会从左翼向右翼倒戈。

“如今网右已经和中年处男群体密不可分了，毕竟网络上有那么多不善长沟通又一肚子怨气的人。先不说我个人，那些中年处男网右应该是觉得‘我这么有正义感、这么正直，还不被这个社会接纳真是没天理了。接受不了我们的女人也一定有问题。我们要改变这个扭曲的社会！’他们闭门不出、生活压抑，所以眼里容不得半点不公和邪恶。和前些年不一样的是，这几年右翼变成正义的化身了。那些‘类中年处男’把国家主义当稻草，这也是他们为数不多能拿出来说事儿的了。”

中年处男容易成为网络右翼，原因之一应该是他们从人际关系或社会层面的孤立中体验的人生失意。他们在网络上对韩国人、朝鲜人发表过激仇恨言论的这种行为，在本质上和医疗机构底层频频出现的凌弱现象如出一辙。

在人际交往上没有品尝过成功滋味的他们，依附于多数人的意见，躲在安全的匿名空间里单方面猛烈抨击那些弱势群体和行为不端的人。

Excel 表格里的女性评分

“多亏了那场读书会，让我能和人正常交流了。”

宫田向我客观地分析了中年处男消极的一面、网右的特征和造成这些现象的原因。他能够这样理性地进行分析，都是因为五年前参加的一场读书会。

“参加那场读书会完全是出于偶然。我也是个二次元宅男，有一次我无意间看见一则消息，得知有一场以宅男评论家冈田斗司夫的著作为主题的读书会。我对周边没什么兴趣，但冈田斗司夫的读书会很吸引我。去了以后发现读书会太棒了，然后就着迷了。”

读书会上形形色色的男女，根据预先读过的指定书籍交流感想。五年前，宫田第一次参加时，难得地和女性说上了话。

“我喜欢上了参加读书会的女性成员，简直无法自拔。”宫田苦笑中带着羞涩。

“那是我第一次和女人正常交流，之后我的世界发生了翻天覆地的变化。我蛰居之后从不和别人说话，所以交际能力和沟通能力都毫无长进。可是读书会上的女孩们却会夸我厉害，我就误以为她们喜欢我了。”

在读书会上他同时喜欢上了三名女子，而且还误以为对方也都喜欢自己。一般来说，同时与一个圈子里的三名女了两性相悦，在常识上和概率上都是不可能发生的，但宫田却当真了。

“真是不合常理的妄想。我以为她们三个我都喜欢，一个也割舍不掉，烦恼了好久。读书会的组织方花了好长时间劝我放弃幻想，但我一时间没法接受，被劝了几十次后，才终于认清现实。我每个月都去参加读书会，在那里接触了差不多100位女孩，多多少少能正常沟通了。”

他比其他人读的书多，可谓学识渊博。在读书会上发言时，经常赢得女士们的夸赞。但这些终究只是对他学识、思维的夸赞，与爱情毫不相干。在这之前，宫田从未与他人建立过人际关系，因此无法察觉到个中区别，这才会错了意。

每次读书会都有联谊环节，在这个环节中宫田也常因学识渊博而被夸赞，这让他兴奋不已。他不用上班，所以有大把时间。每次回到家中，他就会回忆和自己说过话的女孩们，将对她们的评分输入一个自己制作的Excel表格中。表格里有不同的打分项，如宫田主动打招呼的、有过肢体接触的、对宫田笑过的、夸奖过宫田的……宫田参照这些打分项逐一为她们打分。最终得分最高的，就是前文提到的那三位女士。当看到她们名字后显示出的超过80的分数以后，他兴奋得直抖，心想：“她们肯定是真喜欢我，数据算出来的不可能出错！”

“现在想来，她们和我只是正常交流。我居然兴奋到做表格给她们打分，实在太不正常了。39 岁前我都没和别人说过话，但那之后我的观念突然发生了 180 度的大转弯。我觉得和别人聊天很有意思，对方是女性的话就更有趣了。起初参加读书会，我只会单方面高谈阔论、显摆学识，但渐渐地，我学会了和别人交流的方法。这都是因为女性进入了我的视野。”

五年来，宫田虽然掌握了正常的沟通能力，但还保持着童子身。他接触过各种女性，但最后都没有发展成恋爱关系。

他连说带比画，兴致勃勃地说了足足两个小时，但在他身上我几乎感觉不到平常和中年处男交谈时的那种特有的违和感。

一个没怎么和人交流过的中年处男，在即将步入 40 岁时开始出入人员聚集的场所，并且之后数年，经历数次失败后还能客观地看待自己。人到中年，通过转变观念而一转人生颓势，这种案例我还是头回见。

关键要看能不能调侃自己的处男身份

最后，我问宫田："中年处男应该如何自救？"

宫田回答道："读书会上偶尔也会来一些中年处男，但他们都心高气傲，没药可救了。"

实现了观念转变的宫田，果断与包含他自己在内的中年处男群体做了切割。

"我会把自己的处男经历当笑谈讲给人听，但其他人可不会这样。他们接受不了来自社会的客观审视，为自己的身份筑了一面墙，结果导致他们更无法摆脱处男困境。关键看能不能调侃自己的处男身份吧。很多人会因为我的处男身份拿我开玩笑，但读书会上新来的处男可听不得这些。

"中年处男对伤及自尊心的事异常在意，敏感程度每次都能刷新我的认知。有的中年处男是成功人士，学历高还很有钱，他们只是不擅长和女人周旋。除此之外，其他都是脱离现实，已经无可救药的家伙。"

宫田列举的中年处男大多是这三类人：护理人员、农业从业人员、网络右翼。都是他在读书会、网络聊天或论坛等场合遇见的。

“好多中年处男都觉得自己超棒，去哪家公司都可以大展拳脚，只是暂时从事一下护理业。从事农业的那些也差不多。无论是护理还是农业都是因为有国家和自治体的政策补助才招得到人。因为有政策庇佑，所以这些行业成了失业人群的保护伞，里面鱼龙混杂，绝对超乎你的想象。这样一来别说是职场环境，整个产业生态被破坏，也是理所当然的事。

“这些人在现在的社会制度下流向了护理业和农业，但从前他们肯定全靠父母养着。网右里好多人宣称自己干护理，可他们真正想干的是写小说。都抱着幻想，要辞了自己的烂工作，逆袭成为小说家。这些人还牛气哄哄地在网上说要去报名芥川奖，真是太幼稚了。我觉得与其让中年处男去上班，最终给周围人添麻烦，还不如就执行现在热议的最低保障制度呢。这不是让中年处男与社会绝缘的好机会吗？”

最低保障制度是在自由主义社会下，保障所有公民的最低收入，无条件给予现金补助的制度。这项制度有助于减少贫困问题，简化社会保障流程，控制行政成本，减少犯罪等。在贫富差距已成为一大社会问题的瑞士，已经进行了关于执行最低保障制度的全民公投。

“有那么多人被从事护理业和农业的那群中年处男或者类中年处男搞得精神崩溃，生活一团糟。我觉得必须隔离这个群体。我虽然通过参加读书会奇迹般地康复并回归了社会，但这纯属侥幸，几乎不会再有第二例。大家可以把最低保障制度理解为国家和公民为了维护治安稳定，给他们每个月每人发十几万日元。”

宫田言辞犀利，但想必这是他内心的真实想法，毕竟他自己就是中年处男，最了解这个群体。

放眼当前的经济市场，在国际化进程下贫富差距有进一步扩大的趋势。如今，栖身于护理业、农业、网络聊天等场所的中年处男和类中年处男所处的社会阶层一定还会进一步下沉。

是否真如宫田所提议的，我们不得不导入类似“最低保障制度”这样的极端制度呢？对这一点，我还下不了定论。

第四章

那些对女人绝望而脱处的男人

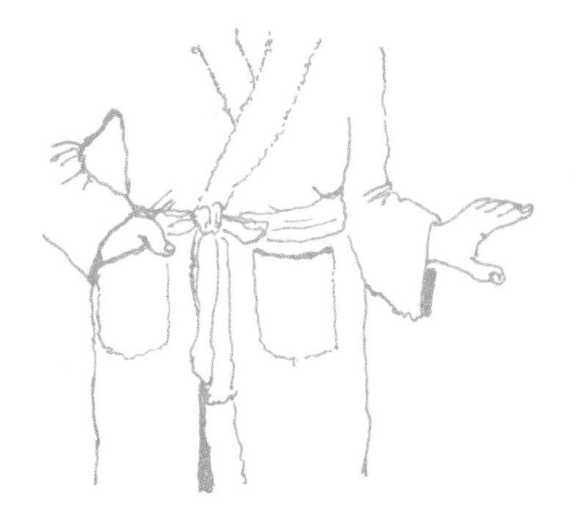

讨厌被女性打分

“那个人是谁？怎么会有女人在这儿？我不接受采访了，别采访了。”

松野博史（化名，36岁）在我们约定的地方，指着幻冬舍的责任编辑竹村优子大声叫嚷道。他一看到竹村就大怒，眼里含着泪，毫不掩饰厌恶感，如此将竹村赶走了。

中年处男大多敏感且幼稚。

虽然我也预想到有女性同席可能会导致采访失败，但责任编辑都没来得及自我介绍就被赶了出去，这是我始料未及的。我远眺着备感自责的竹村离去的背影，不由得紧张起来，害怕会因为自己欠思考的话而伤害到松野。

“我讨厌女人，就是厌女。她们凭什么来评估我？丑男、笨蛋、土、穷，在一起无聊、浪费时间什么的，感觉就是在否定我这个人的存在。我知道她们会拒绝我，所以我讨厌她们。但是其实我也想和她们正常交流，想和其他男性一样和她们发生性关系。”

松野讨厌女性是出于自卑心理和自我厌恶，认为自己可能不会被女性接受。这其实是一种逃避。他讨厌不接受自己的这个群体，但内心又渴望接近她们，甚至希望能和她们建立友好的关系。脆弱的心灵、性格和自相矛盾的意识缠绕在一起，走向极端，催生了一刀切的厌女心理。

“首先，我对自己的外形完全没有自信，知道女性是绝对不会接受我的。在女性关系方面我已经受尽了伤害，不想再遭受这样的痛苦，所以不想再和她们有任何关联了。比如在电车上只有我身旁的座位是空的，这对我的打击就很大。一想到她们因为对我的相貌有生理排斥，不愿意坐我旁边的座位，我就不想活了。”

松野彻底否定自己的外形，将其归结为自我封闭的重要精神原因，但其实他的外形只是普通，也就是所谓的相貌平平。不胖不瘦、不高不矮，白净的脸上戴着眼镜，是一副刻板知性的男青年模样。当我表示他并不属于丑男时，他皱眉摇头否定。

“只要从女人口中听到‘帅哥’这两个字，我就觉得她们肯定会拒绝帅哥之外的所有人，也就等于拒绝我，然后心生恐惧和戒备感。”

松野是一家 IT 一类上市公司的系统工程师。他毕业于地方的国立大学，一毕业就进入这家公司，如今已经是第 15 个年头了。

“我知道自己精神不正常，在公司里的人际关系处理得也不是很好。我对自己工作的评价标准是看自己是否被别人需要，我觉得自己在公司是个不被需要的无能之辈，所以在每年两次的业务评价中都给自己打零分，也会向公司提出申请，希望从综合岗位下调到一般岗位。之前我还在公司大闹过。我们公司的员工一般在 30 岁左右会自动升职为主任，我没能升，反而是比我小 5 岁的学弟先升职了。他是做事积极主动的人，沟通能力也很强，同样是人，这样强烈的差异让我在平日里特别绝望。听说他升职的消息后我大受刺激，突然就觉得自己是败类，崩溃了。我用拳头殴打自己，直到打出鼻血来，最后被同事制止才停下来，算是自残吧，非得让自己肉体上受伤，才能过得去这个坎儿。这些年来，公司交给我的工作和交给其他人的相比，期待值明显不同。我感受到自己的无能，内心凄凉又不安，会有过激行为，又因自己的这些过激行为降低评分，就这样一直恶性循环。没救了。”

在同性中寻找温柔

结识松野，缘起于数日前我收到的一封邮件：“我是中年处男，如果可以的话我愿意配合采访。”

“我特别希望能得到女性的青睐，能有女人缘，但这绝对不可能实现，所以只能彻底逃避。我压抑自己的想法，摧毁自己的男性需求，尽管很想被女性接受，却假装成男同来掩盖自己的这种逃避。为了让伪装变成既定事实，我和同性做爱、在网络上检索观看男同动画和性爱影像，现在面对同性已经能有性冲动了。但我也陷入了自我厌恶。我内心真正希望的是能正常和女性交谈、结婚，但因为不能被女性接受，只能舍弃自我的男性尊严，用这种类似自残的形式塑造性认知障碍，以此来逃避现实。性认知障碍无非是个借口，反正我也刚好缺少男性气概。”

他在发给我的其中一封邮件中如此写道。

因为不受女性欢迎，松野选择了同性恋的道路，这应该是属于后天性的性认知障碍。性认知障碍是指生物学概念下的性别与自我性别认知不一致的情况，但不受异性欢迎也能成为性认知障碍的原因，这还是非常令人震惊的。松野在邮件地址中使用了生物学上是男性，但自我性认知为女性的专用记号“Mtf”。

松野说休息日可以接受采访，他以尽可能没有人的场所为前提，选择了商务街区的卡拉 OK 包厢作为约见地点。就这样，休闲装束的松野出现在了星期天空闲的商务街区，他的穿戴清爽整齐，看上去非常普通。

“刚才我赶走了出版社的那位女士，但其实这是我在逃避。我很害怕女人表面上好像把我当自己人或者对我保持中立的态度，其实在心里给我打低分。社会和女人都让我害怕。所以拿逐渐被社会接受的性小众当挡箭牌，让自己好过一些。但因为这些全都是编造的，根本没法医治我的心病。我不是男同性恋，也不是双性恋，更不是跨性别者，性认知障碍于我而言无非是一个障眼法。真正有性认知障碍的人，在确诊后需要接受激素补充治疗，可我一直犹豫着没去。”

松野说他经常去新宿的“发展场”。所谓发展场，通常指男同性恋者的社交场所，配有大浴场和单间。位于新宿2丁目的快捷酒店，就是一个出名的发展场。据说只要出现在那里，就会被同性搭讪。男同之间与男女关系不同，不会因为缺乏沟通能力而被排斥。发展性关系的门槛也低，是一方可以接受任何人的乐土。

“为了摧毁自己的男性意识，有一阵子我甚至想过变性。那时我花费了大量钱财和时间去美容、脱毛、减肥。但因为身体都已经长成形了，整容也改变不了骨相，所以没变成。我苦恼了很久，最后发现成为女性的愿望实则是一种逃避，想逃避不被女性接受的事实，所以利用了性认知障碍这个概念。如果我是女人，也绝不会接受像我这样的男人。我去发展场是为填补内心的孤独感。无论是外国人还是老人在发展场约我，我都会答应，至今没有拒绝过谁。”

使用者在发展场交了入场费用后，可以领到浴袍和毛巾。穿上浴袍进入浴场，在室内边走边寻觅中意的男性。发出邀请的暗号是无声的触摸，无须对话。如果应约的话就握住对方的手，触摸身体，如果拒绝的话就各自走开。找到对象的两个人就可以去开房了。彼此之间的行为从被称为“香草性交”的亲吻和爱抚开始，最后会发展到肛交，以一方射精为准，流程结束。松野这些年来，将这样的发展场、性少数派团体作为自己的容身之地。

外婆的狠话压在心头

松野因为内向且欠缺沟通能力而无法和女性和谐交往，导致厌女情结、自残癖好、厌食症、性认知障碍、回避型人格障碍，以及疑似环境性人格障碍等严峻的精神问题。他清楚自己的这些状况，长年饱受困扰。

如果不以异性之间为评判条件的话，松野可能并不算处男。但他本人渴求与女性建立恋爱关系，也自知自己是因为逃避而选择了同性恋的道路。

是什么导致了他的现状呢？

“在我 2 岁时父亲因为交通事故去世了，自此之后家里一团糟。最初我和妈妈住在爷爷家，但因为双方闹矛盾，母亲带我搬到了公寓房，之后和母亲一起与外公外婆同住。我 9 岁时外公也去世了，母亲是保育士，工作很忙，是外婆把我带大的。外婆每天唠叨我、否定我。比如我骑自行车的时候摔倒了，她会说我是破坏东西的天才。按照外婆的意愿，我从小学一年级就开始上课外辅导班，但她还是会说别人家的孩子弹钢琴、打棒球、学习，我就只会玩。外婆经常拿我和别人比较，以此来打击我，导致我产生了自卑心理。10 岁左右，我成为男生欺负的对象。

外婆说的每一句话都是不断打击我的利器，削减了我的自信心，我变得胆怯，别人能消化的情感，我就消化不了。如果是现在的话，不喜欢这家公司可以换工作，不喜欢老家就可以去海外，有很多办法解决。但当时和外婆一起生活的空间就是我的全部，我无路可逃。那种感觉一直持续至今，我觉得自己什么事都干不成。”

外婆伤人的话语给松野造成了心理压力和创伤，日积月累最终侵害了孩子的人生。这是家长对孩子支配欲的一种变形呈现。

因此松野丧失了自信，进而不再说话，在班里逐渐被边缘化，还遭受了不少欺凌。

“初中一年级的情人节，有个男生收到了义理巧克力[1]，当场吃掉了。在之后的体育课上，老师大怒说他闻到了巧克力的味道，那个吃巧克力的男生说是我身上的味道，指名道姓地嫁祸到我身上。还有一次是初中二年级的时候，一个小学时候和我关系要好的女生上中学后走上了歪路。

---

1 義理チョコ，日本的情人节一般由女性送给男性巧克力。巧克力在意义上分两种，赠送给心仪男生的巧克力为本命巧克力；赠送给男性朋友的则是义理巧克力，也可以称为“安慰巧克力”。——编者注

有一次我在去社团活动的路上，她对我说她喜欢我。然后第二天又反咬一口说：'我明明没有向他表白，他还到处散布说我向他表白了。'我又成了有错的一方。那个女生还说没人会喜欢像我这样的人，我听过就彻底绝望了。"

他留存在记忆中的所谓事件，是谁都有可能经历的一两件小事。正常人过一段时间也许就会淡忘，而松野全都记得。每一个细小的事件都成为刻在他心灵上的伤痕，20年之后依然折磨着他。

"那是一种被枪爆头的感觉，我觉得活着没意义。最大的原因还是我自己长得丑，无能又无聊。我越想越绝望，觉得像我这样的人，不可能有人愿意和我交往，有人要和我交好的话，我都觉得对不起人家。在恋爱关系、性关系，或者人际交往里，男性觉得我外形不行，根本不拿我当回事，女性直接从生理层面拒绝我。男女都不理我，我哪有活着的价值。"

松野好像想起了什么，对我讲起他高一年级的时候在班里发生的一件事。

"高一的时候，因为一场惩罚游戏，我被表白了。那是当时流行的一种游戏，输掉游戏的人要找一个看起来不怎么受异性欢迎的学生，假装表白来寻开心。某种程度上算霸凌吧。我成为那个目标的时候，觉出有点不对劲了，但对方不说清楚我又不明白。半真半假间我很紧张，这个样子成了全班的笑柄，简直是一种耻辱。这种游戏也有男生对女生的，对一个其貌不扬的女生假装表白，以看她的反应当乐子。这种故意伤人的游戏让人与人之间的信任荡然无存。”

被原本关系不错的女生背叛、因为虚假告白而沦为全班笑柄的这些经历，让松野对女性感到恐惧，并抱有猜忌心。他对自己的外在形象没有自信，觉得所有人都轻视自己，从而自暴自弃。不仅是对女性，甚至对人类这种存在都是彻底地否定和厌恶。

最重要的是被人爱

“我很理解加藤智大，和他有很多共同点。”

2008 年 6 月 8 日，25 岁的工厂派遣职员加藤智大驾驶卡车冲向秋叶原的交叉路口，造成七人死亡。加藤是一名信奉“败者生来就是败者”的网民，他在网络平台上公布了自己的犯罪计划并实施了罪行。事发后，加藤在网络上收获了“神”“教主”“救世主”等称号，获得了很多网民的共鸣。

“我和加藤很像。加藤说过，哪怕有一个人爱他就好了。他完全被社会孤立，在网络平台上发布犯罪预告都没人关注，所以他策划秋叶原事件的动机就是想让别人看到自己。他的母亲特别注重学习成绩，听说甚至有些虐待加藤。”

加藤智大从小学开始就是一直保持全科满分的优等生。他的父母都是高中毕业，在学历方面有自卑心理，所以非常期待加藤能够进入名牌大学。母亲斯巴达克式的教育模式，使得加藤到初中成绩都一直名列前茅，中考也一帆风顺，顺利进入县内的知名重点高中。然而，进入高中后他突然没了干劲儿，成绩开始下滑，最终沦为只能辗转于各种临时工岗位的“败者”。

“他的行为和我突然想自残是一样的，无法抑制自己的感情，一下子就爆发了。我也很能理解原兵库县议会议员野野村龙太郎。本来只要承认偷钱了，道个歉，还钱、辞职就没事了，可他偏偏把自己为了少子化和老龄化付出努力拿出来说事，觉得别人应该选择原谅他，还埋怨大家不能理解他，以此试图逃避谴责。这都是因为他不能直面自己的软弱，我想正视自己，所以才来接受采访。我要拿他们当反面教材。远程操控电脑被捕的片山祐辅也是我的反面教材。他高中时期就因为外表受到霸凌，一直对自己的长相自卑。他在网上公布自己是犯人，那种隐藏表现欲其实我也有。习惯性跳槽的永山则夫也一样，他工作过的地方都认可他的辛勤工作，但只要别人因为一些细小的错误而提醒他，他就会不辞而别。我没法离开现在的工作，因为我担心和他一样养成不停换工作的习惯，虽然我也知道自己的人生没什么希望了。

“还有，我考资格证上瘾，这其实也是表现欲的一种体现。高中时我想和别人拉开差距，考了包括汉语检定、英语检定这些资格，大学时又考了很多技术方面的资格证书，履历上写得洋洋洒洒。其实大可以口头介绍自己，但偏要像展示勋章似的标榜自己。正是因为没有自信，才要利用外部的评价体系展示自己的优越性，希望获取别人的赞赏。”

从他的话语中，可以感受到他了解自身，还想改变现状的意志。但因为之前在自卑感中耗费了太长时间，他的负能量充斥心中，思绪依然混沌不清。

“我想能有什么机会死了就好了。如果还是要活下去的话，我最看重的是被人爱吧。因为有这样的期待，所以没有赴死的魄力。明明无能为力，却很期待工作、恋爱、家庭带来的充实感。所以如果活下去的话，我想和普通男人一样娶妻生子，有一个自己的小家。我觉得幸福感就是自己的存在能给对方带来积极的影响。我还希望能全盘接受别人的评价。我之前不被肯定就自暴自弃，其实和刚才说的那些犯罪者或加藤智大也没什么区别。

“现在让我觉得还被需要的地方就只剩发展场了。只有发展场能够满足我的性欲需求、被认可的需求，还能抚平我内心的孤独感。但说实话我不愿意在这样的地方浪费时间，我的情感需求是在职场和日常人际关系中被爱、被认可。我想逐渐在生活中添加自己能在情感上有获得感的场所，和普通人一样过日子。现在我想要个孩子，但不需要妻子。要说最渴望的，还是能调转方向，和女性结婚，过普通平凡的生活，生儿育女，在孩子们成年前为他们奋斗。”

如果父亲没有因为交通事故去世，松野没有和外婆一起生活的话，也许他就不会将性少数派作为借口，也会结婚、正常升迁、作为一名普通的男性白领过着平凡的日子。但他自知现状，也期待改变。其实最大的障碍就是

“自知”，而他已经跨越了这个障碍。也许一切如他所愿，只是时间的问题罢了。

女性为何慕强？——AV 女优和中年处男

结束了对松野的采访，在回家的路上，我想起了七年前自杀的 AV 女优美咲沙耶，以及爱慕过她的广濑（化名，39 岁）。

“中村先生，现在方便说话吗？美咲沙耶死了，好像是五天前自杀的。”

2007 年 7 月 12 日深夜，我和美咲沙耶共同的朋友、AV 公司前职员广濑打来了电话。不同于以往，他的声音听上去非常沙哑衰弱。我因为过于震惊甚至许久都无法出声。

广濑对当时身处激烈的 AV 女优竞争行列、苦于无法出头的美咲沙耶抱有超越工作关系的好感，和她建立了亲密的友谊。广濑性格很内向，从没有听过他诉说恋爱经历。虽然没有直接确认过，但广濑是中年处男的可能性极高。美咲沙耶是能让广濑如此积极地追求的唯一女性。

放荡的AV女优和中年处男，一个充满违和感的组合。但如果深入了解美咲沙耶和广濑的毕业学校和生长环境，绝不会认为他们不合适。AV行业是一个不问出身与来历，将各色人群包罗其中的世界，遇见与自己经历相似的人，就会让人感到庆幸。所以我很能理解美咲沙耶和广濑走近的原因。

在美咲沙耶自杀前的几个月，周围人逐渐疏远憔悴的她，直到最后依然陪伴、支持她的只有广濑。自杀前两周，2007年6月22日左右，美咲沙耶给广濑打了一通电话，广濑在电话中鼓足勇气，生平第一次向女性诉说了爱意。

"通话的时候天都快亮了，我们聊了两个多小时。她说做什么都不顺，觉得一定能行的试镜没成功，和男友也分手了，想转移注意力和别人尝试恋爱也不行。当她说自己干什么都不行，并询问我该怎么办的时候，我一咬牙一跺脚告诉她自己会支持她。她问我能不能相信刚才说的，我说可以，她说知道了，会相信我。然后我们约定第二天23日晚8点左右在代代木附近见面。快到见面的时间她说手头有事，等结束了以后给我电话。我迟迟没有等来她的联络，一直过了8点，她来电话问我能不能取消约会。

这是我和她最后的通话。”

广濑对自己毫无自信，对女性和恋爱都不擅长，我推测他是中年处男。发现美咲沙耶精神状态逐渐失常后，他有生以来第一次下定决心，要为自己心爱的女人做些什么。

“6 月 22 日和 23 日的电话里，我要是明确地告诉她我喜欢她，让她把其他事情都放下就好了。可我因为刚换工作，又没自信，再加上紧张，所以没能明说。我真的很后悔，也许 23 日我们见上面了，她也就能活下来了。”

确实，美咲应该委身于温柔的广濑，将没能干出成绩的 AV 事业抛之脑后，开启第二人生。她毕业于县内知名的优秀高中，教养良好，各方面的能力都很强。如果她选择了按部就班的生活，现在应该在某一家公司干得不错。

她在自杀前也曾向出轨了的轻浮渣男发出过求救信号，却没有接受鼓足勇气告白的广濑。

我在初中时期就抱有疑问，为何女性会轻易地被看似有强壮内核的男性吸引？无论什么时代，受欢迎的类型都是一些不良少年或运动健将，女性会无条件地选择强者。

她们将缺乏自信或交流能力、被潮流排斥的男性视为弱者，并无情地从生活中排除，哪怕对方是一个认真诚实的人。即使在濒死时，面对鼓足勇气表白、竭尽全力靠近自己的广濑，依然没有回应的美咲，正是这种选择倾向的典型。

与其向中年处男这样散发着弱者气味的男人求助，不如选择死亡，这是一个极度残酷的事实。

“6 月 23 日我如果和她见面了，她也许就不会死。”

广濑直到现在还在为此而后悔。因为内向的性格和匮乏的自信心，广濑没能向前迈出那一步。而如果他再多迈出一步，哪怕只是表面上装成强者的样子，也许美咲沙耶都会为此停下赴死的脚步。

眼看着美咲沙耶和带有自残倾向的松野错乱的生活，我不禁想，男性想要不被女性排斥，是否就必须拥有强者风范的沟通能力，如果无法拥有这种能力的话，就得把自己安置在一个不会舍弃弱者的环境中呢？

第五章 脱处学校

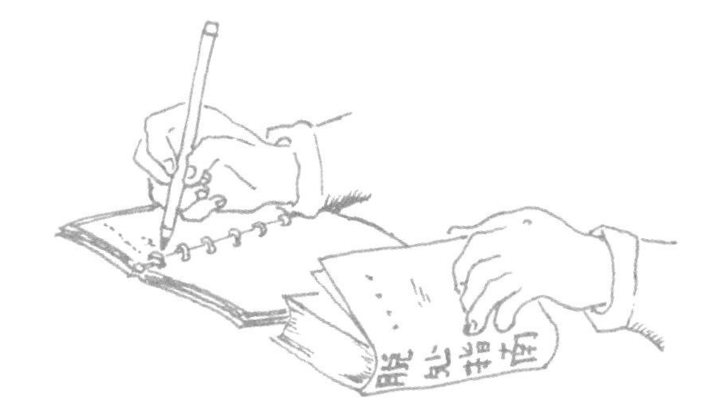

打造“一年脱处”的学校

毋庸置疑，中年处男的存在与日本的少子化现象息息相关。与此同时，这一群体中的大多数都不善于处理人际关系，在职场和其他各种场合引发纠纷，造成的社会损失不在少数。

由于女性倾向于寻求发展稳定的社会强者，中年处男会被毫不客气地排除在可选择范围之外，这让那些在学业与学历上体验过成功感的高学历中年处男困惑不已。为了填补内心的空虚，有人走向了宗教、AV 行业这样的特殊领域，也有人踏上了自我阉割或自杀这样毁灭性的道路。

一些社会企业家也将童贞问题作为亟待解决的严重社会问题之一来看待。

例如，社会组织 WHITE HANDS 理事长坂爪真吾表示：

“‘处男处女问题 = 被动守贞’，这是一个谁都会遇到的深刻问题，然而社会层面完全没有对解决此类问题的支持。

“男女在社会中的交往越自由，性的问题就越发私密。因此，无论当事人如何被这个问题所困扰，社会却没有实行帮助或指引脱处的措施。对于无性经验的人来说，性行为有时是恐怖且令人欲逃避的。不断爬升的不婚及晚婚趋势，让这些无性经验者难于积累恋爱经验和性经验。由此就有越来越多的人无法在两性层面独立，他们逃避直面自己的性需求或自己与他人之间的性交往。性自立与社会自立密切相关。当然，如今的价值观是多样化的，那些对性不感兴趣，但幸福感很高的人，无须做任何改变，但如果渴望性自立，就应该尽早经历性体验。”

在东京大学就读期间，坂爪了解到性障碍者的性和性产业问题，后以“性产业的社会化”为使命创立了 WHITE HANDS 组织。组织为重度残障人士提供辅助射精服务，为有从事性产业工作志向的人举办“临床性护理师”讲座，为风俗业经营者举办法律讲座，等等。近期，他还出版了《男子的贞操：我们的性由我们诉说》[1]一书。

“2013年，我们开办了一所以脱处为目标的‘童贞学院’。学员多是20—35岁的男性，他们通过函授的形式阅读官方教材，每月提交一次报告。类比‘就活’[2]或‘婚活’[3]，我们将以一年之内脱处为目标的活动称为‘性活’。

“课程内容包括讲解处男处女的历史、关于初体验的社会数据与价值观的变迁，并为学员在婚恋市场寻找伴侣提供指导方针。若想尽可能在婚恋市场获得多数异性的喜爱，需要在时尚、对话、短信往来、联谊会上的表现等方面掌握多项技巧，大多数处男处女会在此过程中完全迷失方向。对他们来说，这个领域如同‘魔幻迷宫’。

“要想脱处，其实完全不是受到越多异性的欢迎越好，只要能与一位伴侣建立起值得信赖的关系就足够了。在童贞学院，我们并非教授学员在恋爱市场中受欢迎的技

---

1 『男子の貞操　僕らの性は、僕らが語る』（筑摩书房，2014）。

2 就职活动，指大学生等为了就职而收集资料、参加考试等活动。——译者注

3 结婚活动，指为了找到更好的结婚对象而参加相亲等活动。——译者注

巧，相反，辅助他们通过‘性活’找到能够与自己价值观相符的一位异性，是我们的目的。”

和社会问题息息相关的童贞问题

在公司开展为残障人士提供辅助射精服务的过程中，坂爪逐渐意识到了童贞问题的深刻性。在社会行政范围为残障人士与老年人实行的福利制度中，一般默认当事人是没有性欲的。从为社会弱势群体提供性支持的 NPO[1] 活动中，派生出坂爪这样善于发现问题的人，才促使处男处女问题第一次作为“亟须解决的社会问题”进入大众视野并受到关注。

“在开展辅助射精服务的过程中，会有少数用户向女性工作人员写情书、告白，产生爱恋感情。但因为与女性毫无接触的经验，他们往往不知所措而鲁莽行事。无论是否有身体障碍，到了 50 多岁仍然不知道怎样与女性相处

1　非营利活动组织（Non-Profit Organization）的缩写。——译者注

而失控，我认为这对本人和周围的人来说都是非常难以接受的事情。当然，其中也有一代人是由于各种原因无法接受义务教育，也就没有机会接受性教育。一个人如果从未离开过福利院，或过着在家和工作地两点一线的生活，就没有机会或场所掌握和异性建立人际关系的技能。这是一个隐秘的问题，我们要做的，应该是逐一找出原因，将其可视化，然后加以解决。”

据悉，在某些福利院，还存在不少工作人员仍然用小名称呼 50 多岁的男性，或是将他们当作孩子对待的情况。无论是家人还是身边的救助者，多少会给残障人士强加期待，希望他们是无性欲的、与性无关的天使般的存在。坂爪在 WHITE HANDS 致力于解决残障人士的性问题过程中，才了解到三四十岁仍没有性经验的处男处女的存在。

“童贞问题就像是社会问题的大集合，它们与众多社会问题息息相关。但几乎没有人在性教育和 NPO 领域中提及这个问题。这与是否有身体障碍无关，是有必要介入并解决的问题。如果置之不理，如您的那些采访对象那样任由年龄增长到中年，就没办法扭转局面了。中年处男多年来对异性的错误观念与偏见，让他们的思维趋于固化，加上经济上和工作上的难题层层堆积，介入者需要花费大量的精力和时间去除这些障碍。而且，这些问题本就不是仅靠个人努力或自我启发就能解决的。我认为在它演变为严重的中年处男问题之前采取措施是非常关键的，所以以20—35岁男性为教学对象，开办了童贞学院。

“非营利活动组织的函授讲座这种形式，吸引了拥有本科学历的男性公司职员和公务员。大部分学员的性格和外表都非常普通，且大半都是持有轻度童贞问题的人。他们对自己的现状抱有危机感，所以自愿报名参加我们的课，对脱处持积极主动的态度。我们的课程主要针对的不是那些思维已经僵化的人，它是防止学员沦为中年处男的一种预防措施。”

性自立等于社会自立

童贞学院提供的数百页官方教材中记述了各种各样的信息：从婚姻制度的历史与现状分析，到性事的具体指导，应有尽有。第44页以《从“完美伴侣”到“互补伴侣”的认识转变》为题，指出了强烈的处女情结以及追求性洁癖的中年处男所呈现的消极倾向。

以下为文中部分摘录：

束缚童贞人士的恋爱观与婚姻观有两种。第一种即所谓“非完美不恋爱/做爱/结婚”（也就是说不完美的人没有资格恋爱、做爱、结婚）。要想脱处，你首先该做的就是立刻舍弃“自卑情结型无能”“非完美不能做”“唯完美伴侣论”等错误观念。

恋爱不是“完美竞争”。恋爱、性事与婚姻都是为了互相扬长补短。如果“完美存在”意味着拥有压倒性魅力并能单方面在经济上养活对方，你则完全没必要试图以此来吸引伴侣。

只有十几岁的青春期少男少女才会受“完美幻想”或者基于此的“纯爱幻想”裹挟。在此，本书推荐你从向往“完美伴侣”转变为追求“互补伴侣”。恋爱、性事与婚姻并非“精神方面、社会方面、经济方面的完美人士之间才能实现的”（完美伴侣），而是“不完美的人之间为了互补缺陷而进行的”（互补伴侣）。

世上没有十全十美的恋爱。目前最有说服力的看法便是结婚或恋爱是不完美的人之间为了实现互补而进行的。而被“完美伴侣”观念束缚的中年处男则往往或因自卑情结而放弃，或因强烈妄想而过度奢望，从而怨恨社会，厌恶女性。

“战后，随着宪法的修订，自由主义和个人主义成为社会主流思想。在这样的背景下，‘父母之命’的传统婚姻观念不再是主流，寻找性事初体验的对象、恋人或结婚对象成了个体责任。就在几十年前，未来的另一半还是由父母或社会介入的半自动式搜索模式，所以当时代改变，要求个体靠自己的努力和毅力寻找伴侣交往时，毫无疑问会有人无法实现。谈不了恋爱，所以结不了婚，这不过是最近30年才盛行的一种价值观。从历史的角度来看，它与常识并不相符。

“如果没有相亲制度，那个年代也可能有不少男女结不了婚，更不用说发生性关系了。而现在，相亲婚姻的占比还不到整体的10%。结婚率本身也在不断下滑，所以很多人在性事和婚姻上难以上岸。”

坂爪表示，处男问题绝非个人问题，而是关乎全社会的问题。

战后不久，70%的合法夫妻是相亲的产物。半个世纪后的现在，形势逆转，恋爱婚姻占整体的88%，而相亲婚姻仅占8.1%。如果将“结婚”等同于“性”，半个世纪前，父母和街坊可以介入配对，但在这个习俗已经消失的现在，性作为自由主义、个人主义的体现，将中年处男甩出轨道。

“虽说这是个人价值观的问题，但若想和异性做爱，最好还是在特定年龄之前达成目标。随着年龄的增长，思维会僵化，缺乏灵活性和应用能力后再转变思维方向比较难。我不喜欢所谓‘适龄期’的说法，也尽可能地不去使用，因为这种说法本身就会对当事人产生压迫感。但是脱处这件事和结婚、生育同理，有最佳时期，如果非要界定的话就是在18—25岁的时候吧。以恋爱为前提的人际关系，需要与对方的价值观进行磨合，是在理解对方的心情和立场的基础上，与对方交流自身言行的‘接球游戏’。如果在这个接球游戏中缺乏足够的想象力和灵活性，这段关系就无法持续下去。所以，我还是希望大家能够在步入社会时，就能迈出恋爱和性爱的第一步。

“有不少残障人士一直维持处男身至三四十岁，他们因为不能参与社会活动就闭门不出，一成不变地和父母同住，转眼已经年逾五十。我坚信，个人的性自立与社会自立有紧密的联系。‘性自立’是让我们在社会中与其他人相处并共存下去的契机。不论残障与否，性自立会给人带来自信，做事、生活更加得心应手。处男身份会让人怀揣不必要的自卑心理，在与他人交往的过程中抬不起头，不能呈现出积极向上的姿态。”

综上所述，性自立与社会自立息息相关。无法完成社会自立的人越多，少子化问题就变得越发严峻，税收和国际竞争力会随之下降，社会保障费用必将增加，这都会将社会拖向负面发展。

找到一位异性伴侣，弥补自身缺失的部分，体验包括失恋在内的各种经历，这是完成社会自立不可或缺的。

处男处女的脱处集训营

在童贞学院开校之前，WHITE HANDS 因开展了一个名为“处男处女脱处集训营”的活动而备受争议。

活动预想募集五男五女，共计十位参与者参加为期三天两夜的集训，但最终因女性参加人数不足而没能实现。活动的具体内容是先开设有关男女交往及性生活的专门讲座，然后男女分别组队进行恋爱和性生活的模拟实习。

所谓“模拟实习”，就是处男和处女一起做爱。

“当初的计划是在活动前半段进行恋爱与性爱的讲座，在后半段，也就是在夜晚实践讲座中所学到的知识，但最终因为女学员没有这方面的需求而不了了之了。从四年前为残障人士提供性支援时了解到处男处女的问题以来，我一直在思考有没有更好的方法让他们脱处。或者可以说是设想该如何创造一个男女都能够以安全健康的方式进行性行为的机会，同时又不触犯风俗业和禁止卖淫的相关法律。后来想到如果是男女之间自愿配对，就不会触犯法律。我也认真思考了如何搭配男女的问题，如将处男和有性经验者配对，还是将处男和处女配对，等等。

“为避免有引诱的嫌疑，我们最终未将处男和有性经验者配对，而决定让没有经验的人一起进行初体验。另外，为了不让男女学员之间发生冲突，我们效仿了日本古时候的‘夜爬’，采取抽签配对的方法。但处男处女配对的话，第一天晚上大概会失败，所以我们采用了三天两夜的活动模式。我们的计划是让他们汇报完第一晚的结果之后开一个反思会，然后在第二天晚上再次挑战。男嘉宾很积极，但女嘉宾应征的人数过少，没能实行。当时的男女报名比例是 10∶1 吧。”

坂爪在网页上发布“处男处女脱处集训营”的活动通知之后，访问量瞬间激增，甚至导致网站一度崩溃，因此这个计划在杂志和新闻报道中引起了轰动，同时引发网络暴力。

“我们虽然预想过会遭到一定程度的抨击和诽谤中伤，但现实远远超出了预期。2CH 网站[1]上出现了大量诽谤帖，我们在推特上也被骂得狗血淋头，带人身攻击和辱骂的邮件更是连日不断。他们中有些人自称右翼分子，有些人自称女权主义者，出现最多的内容是‘女孩子真可怜’‘要珍惜处女’这类话语。这次让我切实感受到除了和恋爱对象，女性若以援交和卖淫进行性行为，或按照自己的意愿舍弃处女身，就会引发男性猛烈的反感。这或许和爱豆世界里中年处男所信奉的处女情结有着异曲同工之处吧。

“其次被诟病的是这项活动的合法性。我想应该是出于对处男处女配对、抽签决定对象这种做法的反感吧。可

1　2ちゃんねる，日本最大的匿名发帖网站，创立于 1995 年。——译者注

是在明治以前的村落共同体中，年轻人应该在何时、何地、与谁一起进行初体验，是由共同体的规章来决定的。虚岁 15 岁左右的时候，男生就可以加入‘若众宿’，女生则加入名为‘娘仲间’的组织。据说，在参加若众宿的同时，男生的夜访性生活也就开始了。而他们第一次性体验的对象，有很多是同村的寡妇。在抽签决定夜访的对象之后，年长者会教导年轻的处男行事方法，甚至还会陪同他们前去。在明治时代以前的日本农村和渔村中，‘夜爬’发挥着让年轻男女学习如何生育孩子的重要作用。我本来想以符合现代社会的形式来复活这种制度，但现在看来，现实给了我一个下马威。

“一些了解这方面历史的学者说，如果不在其中融入宗教因素，‘夜爬’是没办法实施的。但在今天的日本社会，将初次性体验与宗教仪式联系在一起才是不可能的。从这层意义上说，可谓困难重重。”

“夜爬”习俗在明治以后的西化潮流中被公认为“野蛮的习俗”，在政府的管制下被废止了。之后，一夫一妻制的婚姻制度和婚后性爱的纯洁教育得到了推广，相亲婚姻也由此变得司空见惯。

随着为数万人提供性体验机会的“夜爬”和相亲婚姻

制度的废除，时代潮流向自由主义和个人主义变迁，个人的性问题也就再无外人介入了。一切都成为个体责任。

“形式上可能会有大改动，但我想再次挑战开展‘脱处集训营’。虽然受到的攻击和诽谤超乎想象，但我认为当你提出一种社会性的问题，或者说当你诚心诚意付出努力而并不是为了博眼球，那么无论是赞成还是反对，受到社会的关注不是坏事。”

如果“脱处集训营”作为现代的“夜爬”制度能够实现并发挥作用，降低处男处女在性方面迈出第一步的门槛，那么因自卑情结而停滞不前的人就会减少。不仅如此，选择死亡或做出毁灭性行为的人也必然会减少。

观察当下中年处男面临的生存困境，可以确信的是，尽可能多的人在适龄段完成性体验，是能够对社会产生良性影响的。

第六章

护理业

——中年处男收容所

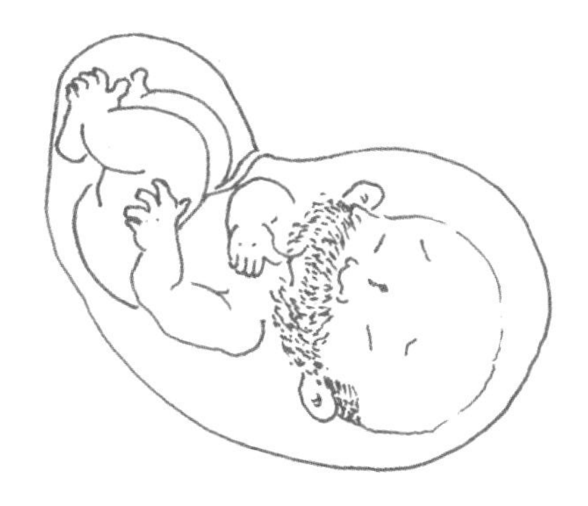

聚集在护理光环下的人

因为出版业的萧条，我决定挑战一下其他行业，并在 2008 年起的几年中，参与经营了一家小型日间养老护理公司。团块世代已进入高龄后期，日本的高龄人数到 2025 年为止都将保持稳定上升的趋势，我设想在养老护理这样一个伴随高度需求的服务领域，经营一家养老护理公司应该不是一件特别困难的事，但实践证明我想错了。经营中遇到的困难，也并非人们常想的那样，来自高龄护理需要耗费的体力劳动。

护理行业聚集了各色人等，他们各怀心思，奔着护理福祉的美名而来。这其中包括像我这样脱离本行且能力有限的个体经营者；想要金钱、名誉两手抓，有强烈自我表现欲的企业家；只求安稳度日的人；眼高手低的年轻人群体；瞄准朝阳产业的雇佣政策投机者；以中年处男为首的被社会排斥而无法安置的群体。这其中当然也有认真对待这个行业的人，但怀有其他心思入行的还是太多了。

作为撰稿人，虽然我一直以来关注AV产业、性产业、黑道这样存在于社会阴暗面的题材，但从没见过像护理产业这样，问题如此严峻不堪。身处其中，我看到的是存在于这样一个有巨大市场需求的行业中居高不下的离职率和大量的人才流失。

在国家的政策和职介所的推动下，被解雇或是因为能力低下等理由没有容身之处的中年男性，通过提示有大量用人需求的招聘广告涌入护理行业。因为护理业存在全国性的人员短缺，所以基本上任何人都可以被聘用。目前护理现场终端冲突不断、一团乱麻的荒废怪象，正是聘用标准过低和职业美化程度过高这样相悖的宣传造成的结果。

在本书的前言中也曾提及，中年处男所造成的深刻社会问题，正是在护理现场暴露出来的。从最初对低下的沟通能力的质疑，到在之后很长一段时间里经历的各种麻烦事件，我被折腾得筋疲力尽。

属于私事的性经验，本与工作能力没有直接的关系，我上述提及的问题并不能对应所有从事护理工作的中年处男，在这里，我想记述的是一部分处男身份的中年护理人员在工作现场的状态。

44 岁的中年处男护理员

在一家可住宿型小规模日间护理机构工作的全职员工坂口（化名）是真实人物，44 岁，从没有过和女性的性经验或恋爱经历。

坂口从小是肥胖体质，35 岁之后头发也开始变得稀疏。他从没离开过父母，自己房间的卫生、做饭、洗衣等起居事务，全部交给即将 78 岁的母亲来承担，是所谓的单身啃老族。

小规模日间护理机构 24 小时营业，员工按照排班表每周工作 5 天。一周有一次夜班，但因为坂口患有糖尿病，容易疲劳，不规律的工作时间对他来说比较辛苦。

坂口的上一份工作是在仓库干分装的合同工。

2009 年，因为前一年的全球金融危机，公司运营规模缩减，坂口被告知公司不再和他续约。在职介所的劝说下，他开始考虑从事护理工作的可能性。最初，坂口还是找了好几份和之前类似的仓库工作，但都没能通过面试。职介所的辅导员于是向他提议尝试不问年龄和经验，还有免费学习护理二级（现称“护理初次从业者研修”）课程的护理行业。

护理二级讲座，是日本厚生劳动省基于《重点行业创造雇佣事业》开展的一项讲座。

大量闲杂人员和中年处男涌入护理行业，始于2008年的雷曼兄弟危机。那一年，在全球金融危机的影响下经济大幅回落，失业人员激增。麻生内阁政权为了应对大批失业人员，由厚生劳动省出台了《紧急创造雇佣事业》政策，在和民主党交接政权后，将政策内容转移至和长期雇佣制度相关联的《重点行业创造雇佣事业》中。

在厚生劳动省的官方网页上，可以找到这项政策的概要："在严峻的地域性就业和失业形势下，都道府县需要利用为推动就业而设立的雇佣基金，在护理、医疗、农林、环境等朝阳行业创造更多的就业机会，同时也可以呼应地域需求培养相关人才。""在护理、医疗、农林、环境、能源、观光等地域性的重点领域中创造就业机会。"可见，“护理”被置于要位。

也就是说，这是将失业者输送到缺人产业的一项国策。护理本是关系到高龄者生命的专门行业，但自这项政策颁布后，全国的护理一线均发生混乱。《重点行业创造雇佣事业》由厚生劳动省主导，各都道府县根据各自地方的实际情况实行，其中最具代表性的事例是东京都旨在帮助流浪人员实现独立的“东京挑战护理”项目。

2009 年 3 月 5 日，位于歌舞伎町的东京都健康广场内设立了“面向离职者、最低收入者，取得家庭护理二级资格再就业”的咨询处。

课程分为离职者支援课程和资格证获取课程两种，离职者支援课程为学员提供住宿、可预支最高 45 万日元的生活补助金[1]、最高 50 万日元的就业补助金，以及免除全额的家庭护理二级资格讲座费用。这对于以金钱为目的参加的人来说是十分优厚的条件。针对最低收入者设置的资格证获取课程则包含 10 万日元的学费补助。对于雇用通过任何一项课程取得资格证的失业人员，且雇用该人员的时间超过 6 个月，公司也会得到 60 万日元的补助金。

护理原本是需要有相当的专业知识和经验才能提供服务的专业工种。但在此项计划的实施中，职业的专业性、

1　当时约合 35000 元人民币。——译者注

关乎高龄者生命的重要性完全没有被纳入考虑范围。家庭护理二级的资格只需要在 8 天内完成每天 8 小时的课程，然后在护理机构实习两天即可取得，非常简单。这完全不能保证护理人员具备业务能力，并符合行业标准。上门护理人员在理论上必须具备家庭护理二级资格，但基本所有的护理机构都将具备家庭护理二级资格人员与无资质或无经验人员看作一类。

护理设施充斥着大量心智不成熟的成年人和中年处男，就是始于都道府县颁布的这项《重点行业创造雇佣事业》政策。

无条件雇用引来的低素质护理员

护理这个职业本来并不在坂口考虑的求职范围之内，但他也知道今后日本将步入超高龄社会。有国家补助，能免费取得资格证，而且这项工作貌似有前途，应该不会轻易失业。坂口觉得既能够对社会做出贡献，又能受人尊重，这是一项非常棒的工作，因而踏入了护理行业。

他花了两个月时间，参加了每周星期天开设的讲座，又在特别养老院实习两天后，取得了护理二级的资格。

在获得护理二级讲座毕业证的时候，坂口认为自己已经比同在仓库工作的同事高出了好几个层级。上课期间，他就已经决定今后做护理工作，并利用平时工作的空闲时间，一直在考虑去什么样的养老机构。

上课期间，他特地考察了家附近的特别养老院、老年保健所、集合养老院、日间护理机构等多家机构，并和那里的工作人员进行交流。在和别人喋喋不休地谈论养老的时候，他确实感受到了亲身参与社会活动所带来的喜悦，但他不辞辛劳地到处实地勘察最重要的原因，其实是想判断在什么样的机构工作最轻松。坂口知道护理属于重体力劳动，所以负担稍轻些、同事之间的人际关系和公司规章没有那么严苛，且能快速升职的新型养老机构成为他心目中的优选对象。

依托社会福祉法人和医疗法人成立的特别养老院和老年保健所里，入住人数和职工人数都非常庞大。通过询问，坂口还得知福祉大学和专门学校毕业的新职员是这类设施的骨干，而且光职工就超过 80 人。参观时，他看到工作人员忙碌的身影，觉得特别养老院不仅工作辛苦，上下级关系可能也比较严格，所以并不中意。服务业存在根据进入行业的时间顺序排出的等级差异，他觉得在这样的大型机构里工作，有被比自己年少的人骑在头上的风险。

集合养老院和日间护理机构的职工和被护理人员都较少，工作看似轻松一些，但职工以年轻女性和男性居多，这一点让坂口有些不安。最后去参观的是民营公司运营的可住宿型日间护理机构，成立不过 3 个月，上下级关系一目了然。而且目前被护理人只有几人，从非正式雇用的小时工开始做起，也可以在短期内升为正式员工。这家小型日间护理机构，看来最接近坂口的意愿。

护理行业在极端低下的聘用标准下还存在人才争夺的情况，这就使得坂口这样的求职者有机会为寻求匹配自我需求的工作而进行实地考察。无条件聘用保证了就职容易，求职者在现岗位有任何不满会立即另找东家，这也是护理行业超高离职率的原因之一。

护理二级贼厉害

坂口向新开办的小型日间护理机构表达了工作意愿后立刻被录用，希望他尽快上班。这让坂口觉得因为获得护理二级资格，自己已经成为任何地方都需要的人才了。

日间护理包括接送、测量生命体征（包含脉搏、体温、血压等）、洗澡、辅助进食等各种工作。担任现场领导的女性看护员山崎（化名）负责指导坂口。山崎是37岁的未婚女性，工作认真，深得老人及其家属和机构同事的信赖。

“某某患有阿尔茨海默病，护理时请千万不要懈怠。站起来的时候有可能会摔倒，请一定要做好辅助。”

山崎考虑到坂口的年纪，一边注意措辞和礼貌，一边悉心指导，希望他能尽早成为独当一面的护理人才。护理工作需要依据高龄者每人不同的状态、性格、习性行事，山崎在告知相关事宜时势必事无巨细。

“我这是听你的指示在补充尿不湿呢！”

坂口顶撞道。

起因是坂口在按照山崎的指示补充尿不湿的时候，被说了几句。

三天后，那位患阿尔茨海默病的老人突然站起来，险些跌倒，山崎很严厉地提醒坂口道：“请您务必认真看护！”坂口看见同事平井（化名）在快要摔倒的患者身边，便怒气冲冲地回应道：“旁边的平井不是也没看好吗？”

平井没有护理资质，不要说看护福祉士资格，连护理二级资格证也没有。

此刻坂口的心理活动是，自己拥有护理二级资格证，怎么还要和这种没有资质的人一起工作，而且被说的还是自己，山崎这么明显地偏袒平井，这个工作环境实在太烂了。他气得要爆炸了。

我不会，但别人会

护理员需要在护理表上详细记录对被护理人的护理情况。

别说简单的句子，坂口连小学阶段学习的简单汉字都不会写。上午协助被护理人洗澡，他就只在护理表上写下“洗澡”两字，于是被平日里对他客客气气的山崎严厉地批评了。

“这也太不像话了。您得写：几点几分协助洗澡。可以自主穿衣脱衣，协助擦洗身体，被护理人在浴缸内享受了泡澡。”

坂口是初中毕业，他没有参加中考就直接在当时班主任的推荐下去隔壁市的市营工厂上班了。他的文字写作经历顶多就是在初中毕业相册里写一段小短文，事到如今，让他用汉字写短文，是不可能的。

他极力模仿其他护理员的记录，用手机先依次打出洗澡、协助、穿脱、自立、洗身、浴缸、愉快的假名，再转成汉字，手写填入看护表中，短短两行字，花费了一个多小时。

因为坂口拿着手机一直坐在原地，护理计划全被打乱了。计划辅助入浴的人数目标完不成，造成原定下午进行的文娱活动也无法开展。坂口差劲的写作能力导致护理现场一片混乱，只能中断服务。

负责人非常生气，对全体护理员大吼。埋头查写汉字的坂口却认为这是其他护理人员的松懈导致的。

“我为了尽快熟悉工作，在认真地记录被护理人的情况。”

面对负责人的询问，坂口信心满满地回答道。

看护机构的负责人和生活指导员会根据每位老人的具体情况制订各个部门需遵循的护理计划。护理员有义务将被护理人当时的行为如实记录下来。这要求护理员具备相当于小学高年级水平的写作能力。

因为经常会出现用人短缺的情况，所以除却少数看护机构，一般没有遴选用人的余地。面临招聘也无人前来应聘的现状，看护机构只能全盘接受，以应付眼前的燃眉之急。

最终，只好由其他护理员来负责填写看护表。

另一方面，坂口体型肥胖，动作缓慢，也不是很聪明。他负责被护理人的接送、文娱活动、洗澡、辅助进食，身体护理时，都需要旁人的协助。坂口一直与父母同住，从小就乐享母亲的照顾。据说他小学和初中的作文都是母亲协助完成的。已经 44 岁的坂口，依然觉得别人的帮助是理所应当的。

同事开始对一直无法独立完成工作的坂口表示出不满和抱怨。入职一个月左右，他已成为护理机构的累赘。

虽然因为自己的能力不足给周围的同事造成了麻烦，才导致如此严峻的局面，坂口却认为上司和同事都不认可自己的辛勤劳动；虽然因为不会写作才被撤掉填写护理表的工作，坂口却认为像自己这样取得了护理二级资格的人，是不用负责记录护理表的。他觉得免除自己的记录任务是理所应当的，甚至认为那些填写护理表的职工是在偷懒。

官僚和行政机关纸上谈兵出台的失业对策和雇佣政策，加重了现场护理人员的负担，其结果是损害了高龄群体的利益。教导没有社会经验的人懂得人情世故，对依赖于他人生活的人灌输生活常识，再进行职业训练，比起这些精神上的超负荷劳动，繁重的日常护理工作都显得无足轻重了。

机构工作人员之间互相为此谈论了很多次，商议该如何引导才能让坂口达到一般的社会认知水平。他还经常和同事、被护理人起冲突，给负责人和其他同事造成麻烦，占用了他们的大量时间。

那些被浪费掉的时间，只能通过削减服务内容或加班来补偿。所以如果一家机构不幸雇用通过《重点行业创造雇佣事业》政策分流来的毫无社会常识的应聘者，就会给自身造成相当重的负担。原本应该由亲友或者教育机构来教导的社会常识，成为护理机构和护理员不得已而为之的工作。

弱者对弱者的欺凌

坂口入职半年了。

新开办的小型机构虽然工作比较轻松，但工作人员之间的关系很紧密，工作生活相对闭塞。这其中哪怕有一个脱离正轨的人，都会波及整体，造成全员混乱的局面。像坂口这样的存在会成为导火线，引发一系列负面的连锁反应，容易演变成更为严重的事态。加之经营者没有护理经验，负责人缺乏管理能力，新成立的小型护理机构和大规模养老机构相比，离职率会更高。

护理机构的职工不断离职，其中以临时工为多数。经过一段时间，不会写文章、给同事增添了不少负担的坂口，居然也成为护理现场为数不多能够独当一面的职员，并开始负责带新入职的临时工。这是机构在判断坂口无能力完成原本谁都能做的记录、事务性的辅助、文件整理和订货工作后，分配给他的一项苦力活儿。

“你连换尿不湿都干不好吗？！”

“我不是说了几点几分要给他吃药吗，你想杀了他？！”

“轮椅都不会用，你还真敢做这个工作啊！”

“没有护理二级资格你也好意思干护理？！”

被委任教育新人后，坂口干劲十足。从第一天开始就对刚入职的临时工颐指气使。碰上自己知道的、能做的工作对方却不会的时候，就会言辞激烈地中伤对方，标榜自己。而当被人问到记录和护理保险法的相关问题时，他则搪塞说那些都是没用的东西，和护理没有关系。

机构投入了高昂的招聘成本招来的新人，没几天就离职的情况持续发生，坂口的态度成为机构面临的严重问题。每次负责人询问坂口事情的原委时，坂口只是不断地重复自己的主张：“他们是因为没有干劲才辞职的。让没有动力的人干护理工作就是损害被护理人的利益。”

护理行业本来就不受欢迎，因而人才短缺，但东京、大阪、千叶、琦玉、神奈川等大都市及其周边的护理机构不断增加，且安倍经济政策的实施，刺激了经济，使得服务行业整体都呈现人力不足的状态。离职率高的机构甚至已陷入存活艰难的境地。高额招聘来的新人因遭受无理蛮横的对待而不断离职，这对于机构来说是生死存亡的问题。

护理机构中，欺凌和职场霸凌经常发生，而多数欺凌是以“弱者对弱者”的形式为背景的。

坂口不仅是机构的负担，还屡次惹事，造成了机构的损失。

坂口的辅导员山崎性格温和，直到最后还一直以坂口对护理工作认真、从不迟到等理由维护他，但机构负责人还是将山崎调离了新人培训岗，他认为坂口已经无可救药了。

因对新人临时工采取的蛮横态度，坂口没少挨负责人、生活管理员和其他同事的批评，但他完全不能理解大家为什么会对自己生气。中学时的坂口肥胖，运动和学习都不擅长，自然地成为欺凌对象。从黑暗的中学时期开始，直到之前工作过的工厂仓库，坂口都一直处于劣势。取得了护理二级资格，工作半年后，他第一次遇上了比自己地位还低下的人。坂口觉得无非是把自己之前遭受的一切用在对方身上，面对比自己地位低下的人，蛮横傲慢、自以为是都是上位者理所当然的权力。

虽然已经好几次被上级提醒要注意对新来的临时工的态度，但坂口就是理解不了别人为什么生气。

到后来，坂口只能负责陪伴、洗澡、文娱活动、辅助进食等最低工种的工作，并一有时间就说机构、上司和到最后都没有放弃帮助他的山崎的坏话，认为他们没有认清自己的价值、没有正向评判自己的工作能力。

在机构里，唯一受到坂口蛮横的对待也没有辞职的只有平泽（化名），他是一名36岁的男性临时工。平泽毕业于地方上最差的一所工业高中，在辗转经历了工厂、仓库相关的工作后流入护理行业。

和坂口一样，他从没有过正式工作的经历，一直和父母住在一起。每当坂口开始抱怨机构和上司，平泽只附和道："是呀，是呢。"逮住机会就向平泽抱怨周围，成为坂口每天的必修课。

拖延了20年的单相思

年末，机构在附近的小酒馆举办了忘年会。

忘年会上，大家聊到被护理人，还进行了模仿比赛，后来以女性职工为中心，谈论起恋爱话题，将气氛烘托到高潮。有男朋友的、对已辞职的男性职工抱有好感的、同时和多名男性交往的，女性职员们纷纷谈论起各自的恋爱经历。

那时，机构里已经没有人愿意搭理坂口了。坂口则把这样的现状当作周围人因对他的误会而开始的霸凌，他希望瞄准机会修复和他们的关系。

44 岁的坂口是一个真正的中年处男。在工厂和仓库工作期间，他的同事曾三番五次邀请他去风俗店，都被他坚定地拒绝了。虽然对女性有兴趣，但有陌生女性的性产业对他来说是吓人的，因而从未考虑过。

20 多岁的时候，他形成了自己的伦理价值观，认为和自己喜欢的女性才能有性行为。最开始，这只是为逃离恐惧而编的借口，到后来，他慢慢地完善了这个理念，认为自己是一个纯洁、纯情的人，将来一定出现能够完全接受自己的女性，所以去风俗店是肮脏的、错误的行为。

在 44 年的生涯中，他从未见到过比自己对女性和性更纯情、纯粹的人，并对此充满自豪感。看着眼前热烈探讨恋爱话题的女性同事，坂口幻想以展示自己那颗纯洁又直率的心来扭转无人问津的现状。

他一咬牙，走到正在热烈讨论的女同事身旁，口若悬河地谈论起自己，包括处男身份、从没去过肮脏的风俗店、只希望和自己喜欢的人做爱。听了坂口的一番话，女职工们全体石化了。

坂口的最后一次恋爱是在 20 年前，他 24 岁的时候。

他当时就职于一家给便利店提供便当的工厂，有一天来了一名短期临时工，是比他小两岁的女孩，名叫由香。由香仰慕比她早两个月入职的坂口，经常向他请教工作上的问题，两人渐渐熟络起来，成为常会一起吃饭的关系。坂口开始犹豫是否向由香表白，从早到晚心心念念的都是由香。就在这样的犹豫中，由香的合同到期，连声招呼都没打就离开了工厂，至此杳无音讯。

坂口直到现在依然喜欢由香，并将这份爱恋之情拖延到现在。他希望通过展示自己纯洁无瑕的内心，换取女同事对自己的改观，于是在年会上郑重诉说了这件事。

“你闭嘴吧，喝太多了，过分了啊！”

负责人慌忙阻止了坂口继续往下说，大家则重新干杯，好像什么事都没发生过，再也没有人搭理他。

这次之后，坂口多次被劝退，但他都拒绝了，在那家小型日间护理机构继续从事护理工作。每每有新入职的男性临时工，他就会抓住对方念叨袒护了他很长时间的山崎、不懂他工作能力的机构负责人，还有女同事的坏话。

职场因中年处男而崩塌

据推算，中年处男的人数约为209万人，是一个庞大的群体。其中，应不乏沟通交流能力强、拥有社会常识和协调性、能够完成工作任务、具有特殊才能的优秀人才。然而，他们渴望和女性交往，又最终选择逃避的原因，应该是存在于内心的问题。我在养老护理现场所见的中年处男群体，不单是自我放弃、自我封闭，还会攻击他人且背离常识，给周遭人造成很多麻烦。

他们没有过被他人肯定的体验，也许今后也不会有成为主角的高光时刻，只能在社会的某个角落，在封闭的人际关系中蜷缩着生存。他们制造的麻烦来源于思考问题的方式和行为方式极端不一致，而且这些麻烦主要发生在他们的工作场所。

性骚扰、职场霸凌、欺凌、欺骗、争执、离职、混乱、客户的投诉、重大业务的拖延、因不能在规定时间完成工作而造成的长时间劳作，这些问题的根源到底在哪里，即使是每天一起工作的同事，也没办法马上发现。

在重复探究问题根源的过程中，大家终于发现引发问题的那个人。而无论大家向那个问题制造者给予怎样的提醒或建议，试图加以改善，都不会对当事人产生任何影响；相反，他还会对好意帮助他的同事心生厌恶，甚至采取攻击性的行为。

同在职场的人会因为一个中年处男的存在而消耗大量的时间，还会遭受言语攻击、饱受精神上的折磨，深受其害。但中年处男却不会认为自己就是那个让众人卷入其中的麻烦的根源，照旧自顾自地发牢骚。他们的性问题已经超越了个人问题的范畴，裹挟着周围的人，成为拖单位和社会后腿的危险存在。

护理工作一直被人看作工资低廉、脏乱的重体力劳动，面临着持续的高离职率现状。但实际的离职原因并非工资低廉，也并非重体力劳动。“人际关系”是最多被提及的离职因素。

在各都道府县针对护理工作人员开展的实际情况调查中，岐阜县报道：“2012 年度离职的护理人员中，工龄在‘3 年之内’的占比 64%。离职原因以‘对职场的人际关系不满意’为最多，达到 29%；第二位是‘对劳动时间和工作体制不满’，占比 28%；第三位才是‘对工资待遇不满’，占比 23%。”（岐阜新闻）

排在前两位的“对人际关系不满”和“对劳动时间不

满”中，很多应该是拜“思考问题的方式和行为方式极端不一致”的中年处男所赐。不同机构对于麻烦制造者的处理方式也各不相同。在很多养老护理机构中，都是对中年处男的所作所为忍无可忍的普通人选择离开，无路可去的中年处男却留在原处，继续制造其他麻烦，如此形成恶性循环。

“社死”是自找的

在护理机构工作的很多中年处男工作能力不强，但认真且高度自尊。不同于缺乏沟通能力的高学历中年处男，他们大多逃避自我，呈现出心理年龄低下的态势，对女性的态度往往是纯洁且幼稚的。脱离了社会的正常轨迹，他们的精神世界停滞不前，进入人生大局基本已定的 40 岁后，便开始抱有强烈的妄想，觉得终有一天，一个可以接受自己一切的天使般的完美女性会出现在自己面前。

踏入护理行业后遇见的坂口，给了我很大的冲击，我在出版行业从没有遇见过这种类型的人。

坂口多次导致工作现场混乱不堪，陷入困顿，我也苦恼于寻找造成这种现状的原因。冥思苦想后，我顿悟，他与社会脱轨的原因在于处男身份，或者说，因为与社会脱轨，他只能是处男。

为保证机构的健康发展，我曾不止一次鼓励以坂口为代表的30到40岁之间的中年处男或疑似中年处男去风俗店或参加热门的婚活。但他们全都涨红了脸，断然拒绝了。

对于毫无自信又自我封闭的中年处男来说，未知世界和女性是非常可怕的对象。这一点虽然也能理解，但如果不迈出第一步，一切都是零。与他们相比，那种意识到自己缺乏吸引力且能正视自己的性欲，频繁去风俗店的男性会让人觉得更加理智。

而像坂口这样的人，根本不可能理解比他年长、经历更多的老人们需要的是什么，更不用说在女性主导的护理行业中作为团队的一分子开展工作了。数不胜数的错误判断和借口，使他们成为让人无比厌恶的存在。

回溯他的童年，找不到任何成功经历，所以当大家为机构和被护理人的利益做积极策划时，他根本无意参与。长年的失败者角色，使得他除了说人坏话和发牢骚之外，再没有其他的思维方式了。

因为从一开始就不对未来抱有希望，中年处男在时代的变迁中，辗转于各种容易应聘的行业，过着随波逐流的生活。比如在泡沫经济崩溃之前，他们在小型工厂工作；20 世纪 90 年代，他们在批量生产的流水线作业；2000 年之后，则辗转做一些非正式雇用的简单工作。到如今，严重缺人的护理行业成为他们的收容所。

不少护理机构和招聘要求不高的行业末端被中年处男不断侵蚀，苦恼于异常高的离职率、无人应聘、无止境的员工争端、敌对，以及无法完成工作等一系列状况。这其中，我们能看到的是低收入和人才紧缺这样表面化的问题，人员极度低下的工作能力却被掩盖了。

像养老机构这样，其社会价值被高估的工作场所底层工作的中年处男，自尊心都很强。即便他人提出的是善意的建议，也无法与他们沟通，或纠正他们的行为。我只能将他们的这种生活状态理解为主动寻求“社会性死亡”。

“胎儿对待”

在我自 2008 年涉足护理行业后遇到的各种困难中，

数量最多的，当数解决因坂口这样的中年护理人员而引起的麻烦。

我从未见识过如此与正常价值观和社会常识脱节的成年人。现在想来，自己在大学期间就涉足出版，并能在这个行业中深耕至今，是多么幸运的一件事。

像坂口这样认知错位的人，往往都有撒谎和对事物理解不当、解读错位的问题，所以经过坂口传递出的信息基本都是不准确的。一个人无法与他人交换需要共享的信息，就会导致工作现场混乱不堪。这是在经历了多次状况后，我终于认清的事实。

这个认清大局的过程，花费了我一年多的时间。

“我猜想，他们可能是把孩子当作胎儿对待、过分干预和过度保护的母亲的产物。母亲的这种行为，对于女性而言，可能会因无法忍受而患上精神疾病，而中年处男也许是精神疾病的另一种体现。”

漫画家田房永子讨论过这种“胎儿对待”的具体行为方式。

田房创作过与强势母亲做抗争的《妈妈太烦了》[1]，以

---

1 『母がしんどい』（新人物往来社，2013）。

及获得了女性读者热烈反响的以孕妇和母亲间的斗争为主题的《妈妈也是人》[1]。

“我从小受到母亲的强烈干涉，于是一直思考自己为什么这么讨厌她的干涉。社会上，大家都会觉得母亲照顾孩子是理所应当的，但如果将自己的价值观强加在孩子身上，并否定孩子的独立人格，这样的行为对孩子来说是一种‘毒’。这样的父母被称为‘有毒的父母’，简称‘毒亲’[2]。我知道有这个词语之后，就觉得有必要从那个令人窒息的环境中逃离出来。所以我搬离娘家、结了婚，和母亲保持着一定的距离。

“三年前我怀孕了。成为母亲之后，我眼里的世界发生了变化。孕期里，腹中的宝宝踢妈妈的肚皮，就像电视剧里经常出现的那种世俗公认的美好场景，孕妇会说：‘看呀，宝宝在踢我呢，多有劲儿。’之所以这么说，是因为人们假定胎儿没有感情，所以‘踢’意味着‘有劲儿’。但我却想到，也许胎儿是有感情的，因为不想待在

---

1 『ママだって、人間』（河出书房新社，2014）。

2 日语中“父母”一词写作“亲（親）”，因此缩写成“毒亲”。——编者注

肚子里，才会用脚踢肚子来表达自己的不满。这个想法和我自己痛恨被母亲支配的情绪连接了起来。孕妇不会明白胎儿有什么样的情感诉求，一般也不想去了解，于是将宝宝踢腿的行为作为宝宝身体健康的信号来接收，心还是挺大的。我的母亲也是这样。我明明在拼死抵抗，想要逃离，母亲却对我说的毫不理会。我觉得自己和腹中的胎儿别无两样。”

一开始，我还不太能理解“胎儿对待”这个词，听了她的这番话我觉得这个比喻很妙。

胎儿从母亲的子宫出来之后，事实上就和母亲是彼此独立的个体了。然而，有些父母对待孩子，却还像对待腹中胎儿一样，不分青红皂白地实施全方位的管控。他们无视孩子的诉求，迟迟不接受孩子的人格。这种“母亲否认自己的孩子已经在社会中诞生”的亲子关系，便是“胎儿对待”。

“我一直觉得母亲把我当小孩儿，结果是居然把我当胎儿。过度干预的妈妈，要介入自己孩子生活的方方面面。从交友、择校、恋爱，到工作的选择全部包揽，且拥有决策权。胎儿既是母亲身体的一部分，那么就没有选择权，选择权在母亲手里。这就像胎儿在母亲体内生长，但没有能力按照自我意识来活动，只能随母体移动一样。也许胎儿反对母亲的决定，踢肚子是在表达抗议，但母亲绝对不会这么理解。儿童没有被赋予独立人格的现实，并没有被视为一个社会问题，而被看作一种司空见惯的现象。一切都被掌控在别人手中，这对孩子来说，是很大的压力；被胎儿对待的成年人，一样痛苦。听您说到中年处男的话题，我第一感觉就是他们也是这种情况。”

坂口这样的中年处男，难道精神层面没有真正脱离子宫吗？

“您说的护理行业中的中年处男，是不是在过度保护和过度干涉的环境下长大的？”

坂口确实生活在中产水平以上的家庭，在外婆和母亲的溺爱中成长，现在依然和父母同住，生活在母亲的庇护下。我还想到了两位也是 40 多岁的护理人员，他们和父母住在一起，有长时间在自己家的家族企业帮忙的经历。

这三人不仅以住在父母家为共同点，而且都是在 2009 年到 2010 年之间经由职介所推荐，取得了护理二级资格成为护理员的。未婚，沉溺于过往的恋爱经历，中学时期被欺凌过，不擅长学习和运动，对比自己社会地位低的人态度蛮横，喜欢抱怨和倒打一耙，暴躁易怒，不与同年龄段的一般男性接近，认为别人帮助自己是理所应当的，嘲笑同年龄段的女性是老妇女，喜欢美少女，认为从事护理行业的自己对社会有贡献，这些全是他们的共同点。

“那就完全是毒亲问题的另一种表现了。这些人虽然肉体上超过了40岁，但精神上依然是胎儿状态，还依然生存在母亲的羊水里。”

田房永子如此断言。

把社会当作羊水

我之前也意识到中年处男的精神年龄远低于常人，但直到田房永子指出这很可能是母亲的过度干涉和保护所致，我才恍然大悟，他们仍然处于未出生的胎儿状态。

“女性一般会在二三十岁感受到和母亲关系的异常，接受不了的话容易在精神方面遭受创伤。但女性即使一直被当作胎儿对待，到自己做了母亲，需要照顾孩子的时候，就自然而然地自立了，也就是说不得不脱离母体，在社会上独立。但男性一生都可以由母亲或妻子照顾着，没有蜕变的机会。与此相对，女性处于照顾男性的一方，被像胎儿一样对待时，就会产生认知矛盾。这样的认知矛盾，容易让女性在精神上陷入痛苦。与女性不被允许一直生活在羊水中不同，男性则可以毫无察觉地错把社会也当成母亲的羊水生存下去。”

听到把社会当作羊水这样的论调，我感到后背一凉。

母亲的过度保护和干涉导致中年处男的精神年龄异常低下，形成了依赖体质，那么他们只能从与父母同住的环境中逃离出来，才能获得自立。

男性更容易被母亲掌控

在护理行业被贴上“一无是处”标签的中年处男，大部分都是非正规员工，收入微薄。即使从父母家逃离，他们中的大部分人也无法支撑一个人的生活。也就是说，除了继续浸泡在羊水中，他们别无他法。

而经济严峻的现状，也无法让他们立足于社会。

“以前，家庭主妇这个身份很常见，妈妈不得不一直和孩子在一起，谁都会感到压力。即使现在夫妻双方都有工作的情况普遍了，男性也依然不参与育儿活动。父权也好，男主外女主内也好，如此以往，中年处男便是这种观念日积月累的产物。

“父权下，育儿是女性的职责。育儿剥夺了女性的自由意识，她们将注意力全部集中到自己的孩子身上。可以假定，过度保护和干涉以及对孩子生活的过度参与都是由父权制延展出来的。

“有了孩子之后我惊奇地发现，大多数母亲在晚上是不会一个人外出的。但男性则会大摇大摆地在外面逛，美其名曰为了工作，可能是去风俗店，也可能是去游戏机房，还可以在包厢影院消磨时间。相比母亲只能在家，为所欲为的父亲太多了，成了一种普遍现象。很多母亲甚至已经 6 年或 8 年没有独自在夜晚外出了，基本处于软禁状态。这居然被社会视作普遍现象，对此习以为常，我觉得太让人不舒服了。”

确实，在父权社会中，母亲完全无法做个人的事情，只能专注于照顾孩子。当自己存在的价值只能通过育儿才能被嘉奖，除此之外没有别的奔头，妈妈们便会自然而然地将自己的欲望转向孩子，并试图在那里得以释放。

“比起迟早会独立的女性，一直被宠爱的男性更容易被母亲掌控。无法从原生家庭的寄生关系解脱出来，就必然会和社会脱节。这些男性对自己所处的危险环境全然不知，认为一直庇护自己的母亲是个好妈妈。而母亲则会顺意于孩子，做孩子喜欢吃的饭菜，在孩子发火拿她出气的时候，也会选择原谅孩子。这样在家里称王称霸的孩子，绝不可能离开父母生活。即使结了婚，也无法和母亲以外的人一起生活。想想真够吓人的。”

在母亲过度保护和干涉下成长起来的中年处男，不可能在社会和职场上感觉一帆风顺。所以会对没有像母亲那样肯定自己的社会产生怨恨，继而开始对弱者实施职场霸凌、欺凌，且牢骚不断。

正如田房永子所说，在不利于女性的父权社会家庭中，母亲的极度不自由和束缚感转嫁到孩子身上，这样的扭曲造成的悲剧之一就是中年处男的出现吧。受到束缚的母亲也不愿意将自己拥有的儿子从自己的羊水中解放出来，就这样一直干预并宠爱着。她们的儿子则无法在真正意义上被分娩、参与社会，从而成为一种怪物。

“我现在正在调查猥亵者为什么会有猥亵行为，发现他们多少持有‘不把女人当人看’的观念，我觉得这点和中年处男有共通之处。”

和猥亵者具有破坏性的暴躁行为相比，中年处男就好似深海鱼。

田房永子的叙述让我毛骨悚然——过了30岁、40岁依然处于胎儿状态的男人。只要他们那无法离开孩子的病态母亲依然存在，护理现场让人头痛不已的混乱现状就不会消失。

不要说社会性死亡，这些中年处男甚至都没有出生、没有活在社会中。

第七章

这个社会催生的中年处男

抨击御宅族是不对的

“中年处男纪实报告”系列采访本缘于我因目睹中年处男护工群体现状而受到的冲击，但在采访过程中我发现他们实际上对性爱抱有强烈的欲望，却被女性拒之门外。这一群体不仅挣扎在“社会性的生与死”的夹缝中，更徘徊于“生理性的生与死”之间。

在安定感、安全感、外貌、收入和沟通能力方面对男性均有要求的女性是残忍的，她们会无情地淘汰掉不符合标准的男性。可即便如此，男性群体中的弱者还是不得不生存下去。

如果不给猫狗做绝育手术，那么当它们的强烈交配欲望无法得到满足时，就会转化为高度的焦虑感。它们会狂叫，反复争斗，啃咬四肢来自残，并患上身心疾病或出现行为失常的情况。人类也是如此。这些被女性拒之门外的男性或依赖幻想，或自我意识膨胀，甚至将矛头指向更为弱势的对象。

在十分看重沟通能力的现代社会，被女性排斥的男性大多也是社会生活中的失败者。近期，因为一名非法监禁女孩的男子房间内贴有动漫海报，舆论想当然地认为御宅族容易犯罪，“抨击御宅族”的话题迅速升温。

然而，在秋叶原进行采访之后，我认为抨击御宅族的观点是不对的。

御宅族和中年处男群体一般从小就很平凡、存在感低，是遵纪守法意识很强的本分人。排除一部分高学历知识分子，他们中的大多数人缺乏自信，不善于沟通，性格趋于孤僻，且气场不足。而正是过于遵纪守法、较真的性格使他们不善于变通，置身于一个几乎没有他者的环境里，陷入贫瘠的人际交往困境中而被社会孤立。

因此，他们只能依靠各大制造商接二连三开发出的御宅产品来填补孤独，寻求满足和刺激，试图在与社会脱轨的状态下生存下去。御宅内容不是祸害，而是让这类人群弥合寂寥、治愈孤独的处方，是他们生命中的最后一张安全网。

如果要挑错，那么错在造成众多男性孤立的这个社会。从相亲婚姻的数量急剧减少、结婚率数据的萎靡不振可以看出，当下的日本正在制造男性被孤立的大环境。

社会有必要采取措施，去帮助那些身处困境的笨拙且认真的男性从自我禁锢中解脱出来，逐渐摆脱与世隔绝的状态，通过增加在日常生活中与他者的接触而对自己有更加客观的认识。

婚恋市场的弱势群体——被迫出局的中老年人

日本各地举办的“婚活派对”[1]，通常被视为治疗感到孤独的男性的良方。错过适婚年龄的剩男剩女为了摆脱孤独和寂寞，纷纷全力以赴。

“婚活派对”正在全国范围内蓬勃发展，上网检索“婚活”“婚活派对”“相亲派对”等字眼，会弹出各种相关公司的信息。在互联网上，雅虎和 Excite 等大型门户网

1　即相亲会。——译者注

站都对婚活业务有所涉猎，也有很多公司在全国各地高频率地举办线下活动。

但对中年处男来说，“婚活派对”真的有效吗？在主流婚活派对公司及其活动报名者的配合下，我采访了周末在银座举办的一场婚活派对。其中，男性报名者需要满足以下三个条件中的一个：1. 本科毕业；2. 公务员；3. 年收入在 350 万日元以上。

男性需要支付的参会费是 5000 日元，而女性则是 1500 日元，且没有报名门槛。但根据所报名男性的条件，女性参会费也会有所提升。例如年收入在 1000 万日元或以上专场及医生、律师、公司老总专场等，对男性报名者的筛选标准越严格，女性的参会费就会越高。派对会场上，20 名西装革履的男士和 20 名身着正装的女士面对面，神色紧张、严阵以待。

同意接受采访的山田正志（化名，43 岁）已有 10 年的婚活派对经验。他并非中年处男，只是一个错过适婚年龄的普通男人。他每周六都会参加婚活派对，但至今仍未找到结婚对象。平日里他在父亲经营的房地产中介公司工作，只有每周六下午 6 点准时下班后，才会赶到银座或新宿参加婚活派对。

山田落座后环顾在场的女性，默默地叹了一口气。离开始时间还有 2 分钟，20 名女性排成一排，但放眼望去没有一位能让人眼前一亮的。山田的理想对象是年龄在 28—33 岁之间，相貌中上的女性。而这 20 位女性同往常一样，大多相貌平平或年龄较大，只有两位勉强达标。

活动开始后，男士便逐一与在场的女性进行面对面的交谈。山田的思路很清晰："这种场合我已经参加过几百次了，在派对上只凭第一印象选人。"为了能在那两位目标女性面前表现得尽量阳光、开朗，并给对方留下好印象，不管是否已从选择范围中排除，他与在场所有女性交谈时都面带微笑。

和每人面对面交流的时间只有 3 分钟，彼此了解的时间太短了。才刚刚浅聊了工作或爱好，时间就已悄然溜走，根本无法了解对方是什么样的人。在婚活派对上，能展现给对方的只有外表和年龄而已。

和每个人单独交谈过后，就是自由活动时间了。开始的信号刚响起，现场的男性参与者就一拥而上，将山田锁定的两位女性围得水泄不通。由于在场的男性都对条件优越的女性虎视眈眈，群雄逐鹿之下，自由活动时间的会场硝烟弥漫。那两位女性的面前已经排起了长龙。与此同时，一些女性被晾在大厅的角落里，无人问津。我有些同情她们，但婚活的目的毕竟是寻找结婚对象，无论男女，只要是弱者都会被无情地剔除出局。

在活动快要结束时，山田好不容易抓住机会和其中一位女性搭上了话，并向她表明了好感和自己性格开朗、兴趣广泛的优势，但最后还是被别人捷足先登了。活动的最后，所有参与者都会提交自己看中的异性的编号，但在主办方宣布配对成功的情侣时，始终没有山田的编码。

“这种派对我已经参加10年了。自从我开始重视自己的外表，去健身房锻炼，去美容院美黑后，也有过几段恋爱经历，但全都无疾而终。我和那些女生每回几乎都只发展到一起吃饭的关系，很少能再见面。可能因为我们互相都感觉不太合适吧。来这种场合的大多数女性长相和身材都不怎么样。不是我眼光高，平时活动上算得上普通水平的女性，最多也只有两三个。而且在场所有男人都会围绕这两三个人展开激烈竞争，太难了。我知道找结婚对象不该只看外表，而要看性格是否合得来，但婚活派对的环境并不允许你和目标对象聊太长时间，到最后还是只能拼外在条件和职业。”

在这次派对中惨败的山田这样对我说。

条件稍高于普通水平的女性，在派对中只占一成左右，所有男性都会争夺这一成，而只有那些长相出众，在上市公司工作或从事社会地位较高职业的高收入男性才能胜出。派对看似为每个人提供了平等的机会，但就像经过精密计算一样，条件越好的男性越能先抱得美人归。

山田身着西装，外表看起来年轻帅气。但他实际已经43岁，而且在自家的小型家族企业工作，这是他相亲路上的障碍。

“40多岁还没能找到结婚对象，我确实焦虑。但焦虑也没有用，毕竟到了我这个年纪，穿昂贵的西装，去美容院美黑或者健身，这些改变外在条件的努力都无济于事了。我想找的35岁以下的女性，不会找我这种40多岁的男人，而我也实在不能接受和剩女结婚，真让人为难啊。我在家族企业工作，所以工作中不可能遇到合适的人选，只能抱着希望，参加更多的婚活派对。”

山田在前台预订了第二天（周日）的派对场次。他相貌中上，教养良好，年收入也尚可，却花了10年时间也没能找到一个结婚对象。

看来对于一个有沟通障碍、在爱情竞争中屡战屡败的中年处男来说，婚活派对不是他们的战场。不仅对中年处男，婚活对中老年人来说要比年轻人找工作还艰难。现实中，由于活动中的交流仅仅能让对方了解自己的外貌、收入、职业和爱好，能和女性配对成功的，往往是那些本就不需要参加婚活派对的男性。

参加婚活派对的女性对结婚对象有三方面要求，分别是年龄、外貌和收入。男性在任一方面有缺陷，都会被她们排除在外。遗憾的是，许多中年处男引以为豪的纯洁、善良和面对异性时的感情洁癖并不在女性对男性的选择标准之列。

40 岁以上，相亲无望

另外一位采访对象，是在一家大型电子产品制造商工作的宫本启太（化名，42 岁）。他身高 1 米 60，体重 80 公斤，被自己的外貌所困扰。宫本年收入约 400 万日元，并将大部分可支配收入都花在了逛风俗店上。大约从 30 岁起，他开始渴望结婚。与封闭的中年处男不同，宫本善于交际，总是主动接近女性，但仍然没能结婚。

“我的长相算是一个扣分点，但最大的问题还是年龄。我是团块二代，同龄人众多。人口越来越少，结婚越来越晚，首先年轻女性就没有必要和40多岁的男性交往。年龄之外，外貌、收入也缺一不可。我本来以为自己总会有机会结婚，但到30岁后半段，就真正开始感到情况棘手了。过了40岁更是没信心了，再怎么挣扎也没有用了。”

宫本试着全面出击，但在婚恋网站上一败涂地。虽然他尽量在职场和风俗店中与女性保持来往，但能与之发生关系的也只有那些风俗女。如果撇开在风俗行业的阅历，他算是一个素人处男。

“人一过了40岁，别说结婚，连朋友都交不到了。你要是一个40岁以上的普通男人，就别奢望什么了。像中年处男、素人处男、非正式员工、低收入者，这些人就算是尽量放宽筛选条件，也很难找到对象。毕竟对一个普通女人来说，在同龄人中就能找到好男人。而40岁以上和我年龄相仿的女性，都是多少有些缺点才被剩下的。而且这些缺点一般都是让人受不了的，比如眼光太高、心里有放不下的男人、性格不好或者长得格外难看。没能在合适的年龄结婚的人，无论男女肯定都有问题。”

开始考虑结婚时，就会难以避免地给对方设定一些条件，男女都一样。

年龄越大，筛选条件就越严格。长相中上，是男女共同的最低择偶标准。考虑组建家庭，就必须在年龄、收入、性格等各方面符合条件。似乎步入中年后，要想在婚活派对这样短暂的交流场合中抓住机遇，就必须以接受自己的失败为前提。

40 岁那年，宫本抱着最后的一线希望参加过一次婚活派对，却遭到了彻底的冷落。因此他绝望自杀，幸而未遂。

“我是个 40 岁的胖子，收入也不高，还是素人处男。我想没人会看上我，自己再怎么努力也结不了婚了，于是我把婚活派对当作最后的救命稻草。可事实上，别说找到对象了，就连我放低标准主动去搭话的那些女性都对我爱搭不理的，好像跟我说话就是浪费时间似的。这种情况持续了一阵子，我逐渐不抱希望了，开始划腕自残，想一死百了。我写下了所有想做的事情，看了所有想看的电影，去旅行，去风俗店，打算在做完所有想做的事情后就自杀。我把干冰放进塑料袋，让袋子里面充满二氧化碳，然后用它蒙住头。我听说这可以让人没有痛苦地死去，但实际上太痛苦了，我没死成。既然活了下来，我就又去了婚活派对，但一切还是照旧，她们对我连招呼都懒得打。于是我又下定决心上吊自杀，但还是没成功。连婚都结不成，活着还有什么意思呢？”

他讲述完这段悲惨的经历后笑着望向远方。

中年处男对婚活派对不切实际的期待

《日本人口普查数据的未婚率趋势（2010年）》显示，35岁以上的未婚男性中仅有3%能在44岁之前结婚，这一比例令人震惊。2006年，35—39岁男性的未婚率为30.9%，而2010年，40—44岁男性的未婚率为27.9%，3%这个数字正出于此。可以说35岁以上的男性基本无法结婚。

“男性会员中有‘纯处男’吧？您能谈谈这方面的信息吗？”

听闻“纯处男”这个词，主流婚活派对的主办方山野先生（化名）皱起了眉头。

“有是有，但他们大多数连话都不会说，所以在派对上特别让人头疼。我干这一行已经将近10年了，但我印象中没有 30 岁后半段的处男牵手成功的例子。他们不擅长沟通，眼光还高，更不懂得读取对方的感受。在这种需要竞争的派对上，这些人不可能找得到对象。”

每周末召集几十人开派对的主办方都从未见过中年处男牵手成功，更别提结婚了。“连话都不会说”究竟是怎样的情况呢？

“我们公司经营规模比较小，所以会询问男性会员是否有过性生活。处男身上比较常见的一种倾向是容易自视过高。他们过了适婚年龄，收入偏低，外貌不佳，沟通能力也很差，却意识不到自己是‘廉价品’。婚恋市场的形势真的很严峻，也很残酷。如果这些人不能客观地了解女性的需求和自己的不足，并加以弥补，肯定没有成功的可能性。我说的不光是在我们这里，很多处男或者到了一定年龄还剩着的男女都无法理解这样的现实。他们大多都有很强的自尊心，明明因为自身达不到市场需求，或沟通能力差才不能在竞争中胜出，却对我们抱怨派对上没一个好货。”

如此说来，剩男剩女似乎都有某种问题，但其中自我评价与实际市场价值相差尤甚的，还要数中年处男。

“处男们的性格禀性全都大差不差，假设他们在婚姻市场上的评分只有 30 分，那么他们却坚信自己有 50 分。他们不了解自己的处境，以为只要自己再进步一点，加 5 分成长到 55 分就能结婚了。无论碰壁多少次，他们也不愿去认真思考现实中想结婚的女性要的是什么，或在这种短暂交流的场合应该怎么做。这就是他们被剩下的原因。处男基本上都很腼腆，所以他们没法和人好好交谈，也不会以他人为参照，客观地审视自己，或从外界获取信息提升自己。”

这家婚介所不仅会组织前来报名的男女会员参加派对，还会和所有男女会员进行面谈，了解他们对伴侣的要求，以确保他们尽可能找到匹配的对象。那些自称没有性经验的男性似乎更容易谈论一些不着边际的幻想。

“我们不仅会把会员聚在一起组织派对，还致力于为会员提供咨询和配对服务。我们会向前来报名的会员询问他们的需求，往往是越没有接触过女性的男性会员，就越有不切实际的想法，比如 25 岁以下、处女，长得像早安少女组的安倍夏美；或是 20 岁上下，长相可爱的处女。他们若无其事地讲出这些严重脱离现实的期望。大概是因为他们不清楚现实情况，才会如此深陷错觉。我们会开诚布公地告知他们，这样要求的话一辈子都结不了婚，也会给他们看相关数据，但基本上都是对牛弹琴。

这些人参加派对，要么不说话，要么一开口就毫无自知之明。自然，女会员根本不会理睬他们，有时还会向我们投诉这种情况，我们很难善后。而且，引发问题的男性会员会把问题都归咎于我们，抱怨一通后扬长而去。为了能让那些坚持光顾的处男会员有一个好的结果，我们提了很多建议，如不要过多地谈论自己，多倾听，眼光不要太高，等等，但他们根本听不进去。”

我从山野那里了解到，有一位37岁的中年处男会员打算参加第二天的派对。于是我邀请这位会员接受采访，对方同意了，不过有个条件——我不能使用“处男”一词。

癞蛤蟆要吃天鹅肉

“过去三年来，我参加了所有婚介所组织的婚活派对，但一次恋爱都没谈成。”

蒲田隆（化名，37岁）面无表情地对我讲述。

他住在父母家，高中毕业，目前是一家便当工厂的非正式员工，年收入200万日元。蒲田经常参加平均5000日元一次的派对和每小时收费1万日元的一对一婚介服务，但三年来从没成功过。自从他在电视节目中了解到婚活派对后，就开始了参加派对寻找女友的生涯。

在派对开始前，我借机采访了他。

作者：您来自哪里？

蒲田：东京。我高中毕业后，先做了一段时间的无业游民，后来才开始打工。因为现在工作的工厂里没有和异性邂逅的机缘，所以就来这儿了。我在食品行业工作了10年左右吧。

作者：您从学生时期就没有女朋友吗？

蒲田：你为什么要问我年轻时的事呢？我必须全说吗？

作者：不是的，出于采访需要，例行询问而已。我想了解您选择不结婚，或没能结婚的原因，方便讲讲吗？

蒲田：因为我年轻时不想结婚。现在之所以想要找女朋友，是因为平时没有认识女性的机会，有了恋爱的兴致。比起结婚，我还是想先交个女朋友，毕竟已经有几年没谈过恋爱了。

作者：您的收入如何？

蒲田：我的收入不高。我的年收入在 200 万到 300 万日元之间，不太富裕。我一直和父母住在一起。大概有 10 年没交过女朋友了，感觉有点孤单了，在街上看到情侣，会很羡慕。

问到年收入时，我虽然察觉到了蒲田的不悦，但还是坚持问出了答案。不知是否因为认生的缘故，他的态度非常不好，可以想象，在面对女性时，他很可能也会做出类似的反应。根据事先调查，我得知他是母胎单身，但他却对我谎称自己单身 10 年左右，这是一种常见的逞能表现。

与他交谈十分困难。他不愿承认自己是“廉价品”，也根本没有意识到自己是“廉价品”，因此很难从他口中了解真实情况。蒲田的实际年收入不到 200 万日元，母胎单身 37 年，应该也没有在风俗业消费过，但也许是因为自卑，他没有对我道出实情。

作者：您说没有认识女孩的机会，平日在职场上也见不到女性，那您这些年是怎么过的？

蒲田：平淡无奇，真的平淡无奇。我收入低，如果挣得多的话，我还真想尝试一下风俗店。现实是，现在经济不景气，没有跳槽的机会，我也没有考专业资格证，换不了别的工作。

作者：在过去的三年里，您参加派对的感想如何？

蒲田：我参加得不太规律，有时候每月两次，有时则一周一次。派对、一对一的相亲、街头联谊这些形式我都会尝试。但目前为止全部失败，从没谈成恋爱。当然只是到目前为止。我觉得这单纯是因为适合我的人还没出现。

作者：您参加了这么多次，没有遇到过投缘的女性吗？

蒲田：双方都是第一次见面，所以我觉得距离感是难免的。只能要求自己多参加，熟能生巧。我已经 37 岁了，人到中年不能再纠结了。不过据我观察，那些长得好的男的和女会员相处得都不错。我一般来说要不就是话不投机，要不就是坐在一起也相对无言，没那么顺利。

作者：您觉得自己身上有什么不足吗？

蒲田：我认为是因为我还没遇见投缘的人。我不觉得是自身的问题导致了一败涂地的局面。我和她们都是第一次见面，应该不会是这方面的原因。

蒲田对我的每一个提问都显得很不悦。无论参加过多少次派对，他似乎仍无法与女性交流，但他并不觉得问题出在自己的沟通能力上，而是他还没邂逅和自己投缘的女性。他的高度自尊，让他除了低收入以外，对自己身上其他的减分项视而不见。

蒲田一直都是抽时间，挤出微薄的收入坚持参加派对的。他板起脸，一次次僵硬地与女性攀谈，可无论他怎么主动接近对方，都没能在活动结束后成功牵手。他的整体氛围偏御宅族，衣着也不甚讲究，从未谈过恋爱，年收入不到200万日元，存款仅有50000日元，还和父母同住。这样的条件放在婚恋市场上，可以说简直差到惨绝人寰。

“我理想中的恋人是优香。我想和优香那样的女人结婚成家。所以就算现在进展得不顺利，我觉得也没必要沮丧。每次报名参加派对的时候，我都抱着希望遇到自己的优香。”

以严峻的婚恋市场现状来看，哪怕蒲田坚持参加几十年相亲活动，也不可能找得到他心目中的优香。想必他今天也会憧憬着邂逅永不可能出现的温柔优香，继续参加婚活派对，并在那里度过一段和女人连话都说不上的难熬时光。

婚活派对上没有奇迹，无论男女都会残酷地淘汰他人或是被淘汰。中年处男自不必说，那些不善言辞的男性也不应该轻易挑战这项活动。即使去了也只会丧失自信，伤痕累累。

中年处女与中年处男的区别

婚恋市场竞争激烈，淘汰无情，中年处男在这样的环境里举步维艰。该怎么做才能摆脱孤立的困境呢？这可谓四面楚歌：来自社会的排斥、被孤立、各种冲突、人际关系贫瘠、生育率下降、扰乱职场秩序、依赖幻想等等。然而这些问题很少被搬上台面讨论，大多数人甚至完全没有意识到这些问题的存在。

“处男”和“中年处男”这两个词，只有在一些从事性相关问题研究的 NPO，以及将他们当作客户的风俗业、AV 业、御宅内容业才会被提及。我至今也没找到改善中年处男处境的良策。发现中年处男无法在时兴的婚恋战场中获胜后，我一筹莫展，于是前去拜访了一位大名鼎鼎的 AV 男优。小川（化名）在出演 AV 之外，每天还会回答来自许多男女关于性或恋爱主题的咨询。

“就算中年处男被社会孤立，那也还是他自己的人生。如果他本人不觉得有什么不妥，我觉得大可以维持现状。但中年处男、中年处女这样的人生是挺无趣的，还是应该努力上岸，免得孤独终老。所以不论什么年龄，哪怕别人说为时已晚，只要意识到这一点，就可以从那一刻开始重启自己的人生。这样做的人也不在少数。来找我咨询的人以中年处女偏多，她们都会问我：‘现在开始会不会太晚了？’”小川这样说道。

我没有采访过中年处女，对这个群体并不了解。在和小川的交流中获知，中年处男和中年处女似乎属于两种完全不同的类别。许多中年处女内心封闭，过着被动的人生。从实际情况来看，她们似乎已经到了彻底放弃的地步。

因为她们自主放弃追求，所以无论感到多么不公平，都不会有攻击性。相比于在劳动密集型行业基层工作的中年处男常有的盛气凌人、欺凌弱者的表现，中年处女不会在人际关系中和人产生摩擦。

“中年处女给人的印象是沉默寡言。她们对任何事情都没有自信，所以会尽量避免参与社会活动。”

小川会告诉她们各自持有的魅力，并鼓励她们无论多大年龄，都要接受挑战。和中年处男一样，中年处女也会因为人际关系上的贫瘠而缺乏客观性，具体体现在她们不了解自身的魅力，或过早放弃了对爱情的追求。小川需要花时间反复让她们认识到自己的魅力，然后鼓励她们继续前进。咨询者中，有在三四十岁的年纪交上第一位男朋友的。

中年处男需要一个父亲角色

与中年处女相反，缺乏客观性的中年处男，则是自尊心日益膨胀。他们又该何去何从呢？

“如果让一个中年处男真心服从的人给他们提出建议的话，可能会有所转机。究其根本，中年处男是做事认真的群体。在一个可以相互信任的环境和可以相互信任的人际关系之下，他们应该能听进去别人的建议。就是说，他们需要一个父亲般的存在。无论什么样的人，一般都还是会听父母的话。尤其是父亲的话，能对男性奏效。因为他们对母亲容易撒娇耍赖，不会有根本性的改变。另外，这个角色如果由仅仅只是年纪稍长或工作能力强一些的同性替代，男性一般是不会买账的，只有父亲的话语才无差别地对孩子起作用，所以关键在于有没有父亲这个角色。”

小川认为，中年处男需要在父亲的绝对权威下接受再教育。在上一章中，漫画家田房永子说中年处男是原生家庭问题的变形产物，他们还浸泡在母亲的羊水中。她指出，问题在于他们的心智发育不成熟、心理年龄明显偏低。

“父亲这个形象，不仅意味着权力。父子之间必然存在血缘关系，所以有爱。父亲在情感表达方面一般都比较笨拙，但即使他们采取严厉、生硬的教育手段，比如把胆小的儿子扔进瀑布，儿子也还是会追随他们。如果身边有人能以这样的立场教育他们，中年处男是有希望改变的。他们自己站不住脚，所以需要一个绝对的父亲形象来扶持。”

中年处男的生活中基本上没有他者，他们与社会的交点主要是职场。

这是否意味着，在中年处男扎堆的养老院、农业、保安、餐馆和便利店等雇佣关系的公司里，经理、店长、主管和领导要扮演起处男们缺失的父亲角色，才能改善现状呢？这些劳动密集型产业的基层雇佣关系在 21 世纪初被彻底破坏，转而成为非正规雇佣的形式。在这样的雇佣关系中，没有工作之外的交流时间，职场氛围冷淡至极。

“让中年处男群体在社会中突显出来的原因有：职场越发追求效率，分工明确；女性越来越积极地进入职场且日益强势。阶层差距拉大，底层逐渐固化，而女性则不再关注这部分人。此外，团块世代的人欠缺做父亲的能力。60 多岁的团块世代做父亲的能力明显不如 70 岁及以上的那代人。团块世代从小被娇生惯养，凡事都把自己放在第一位，这样的人可教育不好孩子。”

直到近 20 年来，蛰居和啃老这类贫瘠的社会生活方式才被视作问题。昭和时代为止，男性即使相貌平平也可以找到工作、结婚成家。他们努力工作，赚钱养家，因此获得社会的认可，也由此建立自信。从 20 世纪 90 年代开始，社会逐渐自由化，人们却也因为所获得的自由而失去了很多东西。中年处男即社会的产物。

如果说滋生中年处男的原因之一是没有能力成为父亲的团块世代仿照自己父母做的那样，也溺爱自己的孩子，那么可以推断，生活越富裕越是被溺爱，作为人的独立性就越受阻碍。支撑日本未来的，将是被团块世代的孩子、团块二代养大的“泡沫世代”男性。存在于他们中间的中年处男或社会关系贫瘠等问题，今后或许将对社会有更加严重的影响。

为与喜欢的人结合而努力

小川在自己的博客上发过一篇关于中年处男的文章。

每个人或多或少都有过处男时期，这有什么错呢？

我虽然和许多人做过，但其实很晚才脱处。当时不缺做爱的机会，所处的环境也并没有不允许我做。

那我为什么那么晚才脱处呢？

因为我认真看待这件事，认为自己还没有成熟到能够独当一面，所以不应该和别人发生关系。总之，那时的我是老派思想。现在，我明白了对别人负责那是不可能的，但当时我坚信自己能够做到，觉得不成熟的孩子不应该接触性行为，不应该做自己无法承担责任的事情。

还有就是觉得不应该允许一个孩子去肆意玩弄对女性来说十分神圣而纯洁的东西。我还太小，处理这种看似重要又难以理解的事物，还为时过早。

回忆自己的这些想法，我猜测，中年处男应该也是有老派思想、所谓‘高风亮节’的一群人，在生活中对很多事难以妥协。

遗憾错过了适婚段的人应该很煎熬，单兵作战是找不到突破口的。拿我来说，一直觉得自己还不够格，但在18岁的时候因为一件小事，摆脱了思想的桎梏，打破了僵持的局面。

这么说好像我是个善变轻浮的人，这话或许不假，但可能有很多人做不到这样轻松的转变。我常说性也是一种对话。比如对我来说，无论在咖啡馆还是在床上，对方嘴里含着的是红茶还是阴茎，都不过是程度上的区别而已。

因为是处男，所以不知如何和对方拉近关系，这是个误判。一个人有如此崇高的心志，就一定有别的让他止步不前的枷锁。我打算多关注一下这样的问题。

确实，抱有“理想中的处女天使从天而降，和自己谈一场完美恋爱”幻想的中年处男会坚定不移地追求理想女性、理想爱情和理想生活。他们中的很多人有强烈的处女情结和贞洁观。这样不切实际的想法，从另一个角度来看，或许能产生不同的推理，即现实才是错误的，或者正如小川指出的那样，是一种“崇高的心志”。

“想和自己喜欢的人做爱是件好事。如果中年处男到现在还没有性经验，说明他不想玷污自己心爱的人，不想把自己的欲望宣泄在心爱的人身上，这是合理的。所以我可以从本质上共情于他们。但仅凭这样的价值观他们无法在现实世界中立足，只好编织谎言、自欺欺人，这才是异常之处。所以需要有一个父亲的角色，来打破中年处男打造的幻觉和借口，让他们直面自己；提醒他们只想和喜欢的人做爱的初衷，促使他们回归纯粹的初心。这样，复杂扭曲的情况就会逐渐恢复原状。如果他们真心只想和喜欢的人做爱，那就应该将这个想法贯彻到底、绝不逃避，努力去实现它。

“不应该让那么美好的初心扭曲了。自然界中有许多雄性到死也没能交配；世界上有的生物还没求偶就死了，这都是自然规律。我们应该把这个显而易见的道理作为基本前提，在生活中坚持自我、珍惜情感。”

女性更怕被拒绝

在生物界，弱肉强食是基本原则。

栖息在澳大利亚的红背蜘蛛中，80% 的雄性终其一生都找不到配偶。几只雄蛛会挤在雌蛛的网上争夺雌蛛的关注。有择偶优势的雌性蜘蛛会对雄性蜘蛛进行耐心测试，谁在网上等待的时间最长、谁最有耐心和精力，谁就是最后的赢家，奖品则是交配，以使其基因获得传承下去的机会。

此外，美国密歇根大学在针对果蝇进行的一项研究中发现，通过阻止雄果蝇交配来控制它们的交配欲望，会导致它们的寿命减少 40%，而可以随心所欲交配的雄果蝇寿命则不受影响。

不只是人类，生物在竞争中被淘汰而无法交配，这就是自然规律。

“长时间的扭曲，让中年处男在生物面上出现退化。因为自己不被雌性接受，就会产生凌弱心态，幻想染指那些比自己弱势的雌性。这和他们最初坚定的初心背道而驰，是单纯的逃避。”

小川如此看待一部分中年处男的处女情结和少女情结。

女性的观念也会随着时代而变化。战前的日本，代表贞洁的处男曾一度受到尊重。但从团块二代年幼时起，女性就更倾向于选择那些善于沟通、有所特长的男性了。认真且心事重的男人被敬而远之，轻松幽默的男人则颇有市场。

“这是因为后者更容易接近。女性需要的是安全感，她们害怕表白后被拒绝，所以会尽可能选择那些不太可能拒绝她们的男人。有争论说雌性偏向于选择各方面强的雄性，但我认为她们并不慕强。我受异性欢迎，首先是因为我不拒绝他人，也不会拒绝，这对她们来说就是安全感。不太正经的男人一般不果断，他们接受一切，从不拒绝。有人并不理解为什么这样的男人会受女性欢迎，其实只是因为他们给了女性安全感。如果你仔细观察，就会发现不受欢迎的男人欠缺灵活性，为人过于板正，有种难以接近的感觉。无论男女，现在的人心理都很脆弱，所以自然就绕着他们走了。”

如果中年处男这种“只和自己喜欢的人做爱”的老派思想是普世价值观，那世界上就不会有泛滥的黄色信息了。如果人人都在表达爱意之前坚决不做爱，那么在这样一个单纯的社会中，是否就不会分输赢了呢？

找一条有胜算的赛道

“也就只有你会想到要为中年处男做些什么了。”

二村仁苦笑着说道。

获得中年处男需要一个“父亲”的建议后，我直接拜访了 AV 导演二村仁的事务所。二村著有《一切都是为了受欢迎》[1] 一书。这是一本“恋爱指南”，开篇第一行文字就非常扎眼：“你之所以不受欢迎，是因为你让人感到恶心。”书中建议，想获得异性的青睐，必须先深入了解自己。这句话直指那些失去客观性、逃避现实也逃避自我的中年处男。

作者：AV 女优的粉丝有很多都是中年处男吧？

二村：如果粉丝应援一个 AV 演员，并让她记住自己了，就可以在见面会上和女优面对面交谈，她还会在推特平台上回复你的留言。相比主流爱豆，粉丝可以和 AV 女优有更亲密的互动。如果买了有 AV 女优出演的影片光盘，不仅可以和她握手，还可以合影、拥抱或享受她提供的膝

1 『すべてはモテるためである』（East Press，2012）。

枕[1]。有些AV女优甚至会举办赠送舔过的棒棒糖的活动。对粉丝来说，和真实的女优近距离接触是一件特别幸福的事情。尽管会有个别粉丝将这样的商业行为误解成个人情感，导致小事故的发生，但我所看到的大多粉丝都是绅士且善良的人。

作者：只为拥抱女优而活，或许也是一种幸福，但当前日本社会中，这样的男性会不会太多了？我不确定这种现象是否应该维持下去。

二村：我的这本书虽然讲的是如何恋爱，但也提出了恋爱之外的建议，比如：与其盲目搭讪，不如勇敢直面让别人产生不适感的自己，学会与人交谈，才能招来异性。先结交朋友，自己变开朗之后，再考虑恋爱、性和婚姻。要想摆脱不必要的自尊心，首先要找到一个有男有女、可以平等交流的场合。对中年处男来说，与其为婚恋市场的商业行为买单，不如以诚恳谦虚的心态加入一个有共同话题的小圈子，也许更能有所收获。

作者：确实，如果因为不会聊天连朋友都交不到的

---

1 指将头枕在大腿上的举动，常见于ACGN（animation、comic、game、novel）次文化中的一种萌属性。——译者注

话，何谈恋爱呢？

二村：现代御宅族和中年处男的最大问题是他们摘不下戴了一辈子的面具。“御宅族”这个身份越来越僵化了。过去的御宅族多属高智商，他们头脑清醒，一旦意识到自己的幻想被人嘲笑，就能审视自己，还能自嘲。而现在，很多人在社会生活中或心理上都消化不了来自别人的嘲笑，在这种社会结构下，有问题的人只会越变越糟。

作者：各方面差距都在拉大，败者越发无力回天。

二村：其实扭曲的并不是御宅族，而是其他走投无路的人正在靠“御宅族”这一身份来逃避。此外，还有一些人连御宅族都当不成。根据您的研究，他们中有些被精神控制，聚集在一起为黑心企业卖命吧？他们买不起 AV 光盘，所以 AV 女优也不把他们当回事。找不到心灵归宿让他们备感焦虑，于是跑到网上辱骂 AV 女优来泄愤，匿名大骂她们为“妓女”“卖屁股的”。

作者：我在本书前述中也提到过一些案例，这种攻击性往往由弱者指向其他更弱者，对社会来说是毁灭性的。

二村：为了维持自尊，他们会寻找比自己弱的人。只是将 AV 女优当对手，会碰上强硬还击的女性，她们可不软弱，这些人算是找错对象了。被攻击的女优会把你喷得体无完肤……我自己也是一个自尊心强到令人不适的人，但我喜欢成人影片，把这个喜好作为自己的职业并取得了成功；我写了一本只有我这类恶心的家伙才能写出来的书，结果畅销了。于是开始有人说我并不让人讨厌。我觉得自己挺幸运的。我以前一直都是最差劲的那种人，在欺负他人和被他人欺负的群体之间反复跳转。

作者：您是医生的儿子，从幼儿园起就是庆应[1]的学生，从表面上看属于上流阶层。

二村：我母亲是医生。生活虽然富足，却是典型的母子单亲家庭。我从小懦弱又娇气，是个宅男，经常受欺负。学习成绩不好，但是特别较真，经常欺负其他弱小者。初高中一直都这样。我在班级里地位比较低，但还不是最底层。有人欺负我，但我也会欺负别人。如果没有从事色情工作，我可能就是一个和性无缘的中年人了，所以我很同情中年处男。之所以能够逃离精神层面的谷底，是因为我做了在别人看来有趣的事。我意识到自己很差劲，但另一方面又有一种毫无缘由的自信，觉得自己并非一无

---

1 庆应义塾开展从幼儿园到大学的一贯制教学。庆应义塾大学，亦称庆应大学，是日本顶尖高校之一。——编者注

是处，所以我创建过剧团，当过 AV 演员。不断地尝试和改变，成就了今天的我。

也就是说，与其通过攻击弱者来获得短暂的优越感，不如另辟蹊径找到一条对自己来说更有胜算的赛道？但这并非易事。

心理扭曲的中年男性数量随着逐渐扩大的社会差距而递增。如果目前政府正在探讨的新自由主义和放宽雇佣限制的政策继续推进，以临时工为主的劳动密集型产业的工作前线将由社会底层组成。雇用中年男性临时工的职场将比现在更加混乱，甚至无法运作，想象一下就很可怕。

作者：说实话，劳动密集型产业一线的中年处男数量不能继续增加了，需要想出对策。

二村：我很喜欢北欧，每隔几年就会去旅游。有一次我甚至抛下工作，在那里住了大半年。那里的物价高，但偏偏酒税很低，便利店里啤酒卖得比水还便宜。在那么冷的天气里，无家可归的酒鬼可能活不过冬天。那边的街上看不到在日本和美国那样的流浪汉，我觉得这简直就是一种国家政策，故意让酗酒的底层人士冻死，形成社会的自然淘汰。这一半是玩笑话，一半可是我的真实想法。毕竟是童话大师安徒生诞生的国家，也许他们会认为那些活不下去的人在美梦中冻死、接受上帝的召唤升天会比现在更幸福，就像《卖火柴的小女孩》里写的那样。

作者：不能适应社会的人就该去死吗?

二村：北欧的物价高是因为税收高，因而社会福利制度非常完善。教育和医疗都是免费的。所谓的蓝领工人，比如收垃圾的工人也能很放松地享受工作。女性的权益和地位也很高，高薪女和蓝领男的情侣组合并不少见。残障人士福利也很优厚。在如此优厚的社会福利制度下仍从社会脱轨，四肢健全却沦为酒鬼的人，就躺在雪地里安详地合眼吧……毕竟制度无法照顾到所有人。总而言之，向富人征收高额税款缩小贫富差距，为那些认真工作却没能得到相应回报的人提供丰厚的福利，放任那些自作自受的家伙自生自灭。但这样的做法在今天的日本还行不通，无论哪一个阶层都会反对。

作者：您是说，除非改变政治局面，否则中年处男的现状就不会变吗?

二村：是政策在制造那些无可救药的失败者群体。还有救的人会反思自己令人厌恶的地方并继续前进，但真正令人反感的人对此只会狂怒。易怒的中年处男在北欧就是那类冻死在雪地里的人。还有，其实让人厌恶的人不全处于底层，也广泛存在于统治阶层，这就使得问题更加根深蒂固。

成为中年处男或“炮王”都是对母亲的复仇

各种放宽限制的措施，导致社会竞争越发激烈，也拉大了阶层差距。与此同时，伴随互联网发展，个人主义不断进步，多元化的价值观也层出不穷。企业得以自由竞争、自由交流，但其代价是越来越多的人陷入孤立的困境。

生活艰辛的不仅是那些被女性和社会排斥的中年处男，还有一部分特定阶层的男性和女性也感到寸步难行。在过去十年间，利用这种自由风潮的人物和行业在持续操纵和压榨人们的心理状态。

就拿我和二村先生熟悉的成人影片行业来说，性剥削在 21 世纪初十分猖獗。当时行业内充斥着以“画饼”操控精神脆弱女性的做法，鼓励她们竞争，甚至尝试一些出格的玩法。而近期则以 Watami 公司的经营理念为代表，常见黑心企业和民营护理或托儿行业靠语言艺术对员工洗脑，进行“价值感剥削”。

个人主义的发展、家庭或社区的解体导致了一部分男女生活困难，产生了心理问题。二村将这种问题称为“心灵空洞问题”。

作者：现在用鸡汤语言填补人们内心空洞的“话疗”业务，真是呈现出一派繁荣景象。

二村：我称作“心灵空洞”的，是我们年幼时的亲子关系养成的“思想、情感、行为上的毛病”，主要包括自我厌恶、虚假的自我认同和过度的自恋。这些毛病人人都有，只是那些生活如意的人，更容易和自己的“心灵空洞”和解罢了。而有些人，包括我自己，则有本事找到那些生活不顺的人心中的空洞，并钻进去加以控制。不管是工作、恋爱，还是消费领域，社会都可以被划分成操纵方和被操纵方。21世纪初，AV女优心中的空洞就被大肆利用，AV制片人会让她们把自己想象成她们的父亲或是爱人，使她们产生心理依赖，然后将不再有商业价值的她们无情地丢弃。这类案例在那时屡见不鲜，我以前也是这样做的。我觉得自己是赚大钱的人，女人和弱者都追捧、尊重我，社会也认可我，这样的幻想让我前进。除了色情行业，在其他行业也存在这样的做法。其实“心灵空洞”不仅存在于那些患有精神疾病的女性、中年处男或打工人心里，许多经营者、以剥削弱势群体为生的公司老总、备受欢迎的“炮王”，其实内心都有空洞。

作者：在创业型企业和风投企业的状况也类似吧？

二村：严重贫困或家庭破裂导致的虐待创伤，会让人形成恶性循环。那些不依赖或是控制他人，能够坦然面对自己内心空洞的人已经很难找了。但生活还是要继续，所以人们只能依靠别人编织出的甜言蜜语来填补内心的空洞。

作者：这真是最高等级的恶心。

二村：被操纵的一方会有一种身为受害者的感觉；而实施操纵的一方，潜意识里背负着负罪感。中年处男和网络右翼都有一种扭曲的受害意识，他们把负面情绪转化为能量，过分沉浸于应援爱豆。稍微感觉遭受了爱豆的背叛，就会大发雷霆，发表仇恨言论，甚至欺负比他们更弱的人。我也曾控制和榨取过 AV 女优。我这么讨厌的一个人，居然可以和特定的一种女性做爱，这很合我意，但事后也会感到内疚。内疚也是一种负面情绪，所以我有时会在精神上感到压抑、消极。有一段时间，我甚至有些抑郁倾向。

人类不需要弱者

按照二村的说法，中年处男在职场上屡屡欺凌、骚扰他人，整天抱怨、中伤他人，其根源在于受害者心理，是负能量在作祟。这种负能量不仅扰乱职场、破坏产业，还关联到 AKB 等爱豆团体的大热。

作者：您认为这与 AKB 商法有关吗？

二村：如果在正常范围内支持她们，那还没什么，但有些粉丝会倾家荡产地砸钱进去，是因为他们被商法带入一种错觉，认为自己可以左右爱豆的人生。粉丝一口气购入几百张 CD，就能让心仪的女孩排名上升。不同于作为众多粉丝中的一员支持爱豆，这样的机制可以让他们觉得自己拥有影响力，在投入大量金钱后，会有自己扶持了爱豆的成就感。产生这样的想法并不是他们的错，诱导他们大量购买同一张 CD 或 DVD 的扭曲机制才是罪魁祸首。

利用“不被爱”这种受害者心理，从这些男性身上榨取油水的生意加剧了他们的艰难处境。

作者：的确，有些人会产生好像在恋爱的错觉。

二村：20年前，有一些年轻女性会花钱供养牛郎，如今的中年处男被操控在做类似的事。这些女性将自己辛辛苦苦用身体赚来的钱全部砸给牛郎，认为这是表达爱意的方式，一心想要照顾他们，用“照顾”娇惯对方。然而，男性则认为金钱是他们的“权力”，因此在AKB商法所构建的机制下，男人会幻想自己用钱“供养和控制心仪的女孩”。这让他们觉得自己的性冲动得到了满足。无论是哪一边，都是很严重的幻想。

作者：应该远离这类玩弄人心的买卖吗？

二村：也不尽然，心理被玩弄和操纵期间，人确实能感到幸福，会觉得自己的生活是积极的。

作者：我还发现，很多中年处男都有恋母情结。情况严重的人甚至完全不能独立。

二村：我认为恋母情结是引发“一系列恶性循环”的根本原因。假设一个人在被母亲支配的痛苦中长大且无法挣脱这种束缚，如果她是女性就会对他人产生依赖，而如果他是男性就会试图报复女性。中年处男无法通过支配现实中的女孩来完成复仇，于是他们会跟踪风俗女，侮辱AV女优，在AKB上投入不可思议的金额，或者突然将锯子挥向对方……像我这样罪恶感和受害者心理共存的人，也曾经有过恋母情结。“炮王”在这方面其实和中年处男很相似。中年处男被母亲剥夺了与人交流的技能，无法正常工作，一旦遭到指责就会勃然大怒。四五十岁的男人仍和六七十岁的母亲生活在一起，一回家就能吃上母亲端来的饭菜，稍有不满就开口抱怨。他们在享受母亲溺爱的同时，也对她怀有怨恨。“炮王”则用近乎虐待的方式和依赖他的女人做爱，依赖于这种受欢迎的同时又怨恨和对方的关系。而不良产业的老板在支配和虐待基层员工的同时，在企业运转上又依赖于他们的劳动。某种意义上，这些都是恋母情结。

作者：就是他们无法考虑对方的感受？我有点儿明白中年处男所处的职场为何如此混乱了。

二村：从宏观角度来看，并不是所有人的基因都有机会传承到下一代，所以那些特别令人恶心、会给别人带来麻烦的人无法恋爱或结婚，也就只能这样了。只是这样发展下去，社会大环境会越发糟糕。我认为这才是特别严重的问题。

被“不适感”笼罩的日本社会

二村谈到的“中年处男该何去何从”这一问题，单纯依靠那些扭曲的商业产出的用以填补内心空虚的产品、操纵人心的 AV 导演、擅长给员工画饼的企业，是不可能得到改善的。这意味着，要想生存而不是像北欧国家的醉鬼那样死去，人就必须要在一生中体会到成功的滋味。

这种让任何恋爱绝缘的“不适感”不仅笼罩着中年处男，还蔓延到了整个日本。

利用孤独者寂寞心灵牟利的人，和依赖于他们的人，都有让人“不适感”。对员工进行洗脑式灌输经营理念的先驱——渡边美树在经历了童年丧母的打击后沉迷新兴宗教，立志用话语实现对他人精神的完全控制。而这一新兴宗教团体被称为“伦理研究所”，在近期饱受争议。他们设立了居酒屋甲子园和护理甲子园等奇怪的节日祭典，供人们大谈“梦想”。21 世纪初操纵 AV 女优的男人也多少都在精神上有缺陷，想借助华丽辞藻来填补心灵空洞，或是操纵人心获利，总体来说无疑都是让人“不适”的，是遭女性排斥的对象。

中年处男是“心灵空洞”的象征，要想摆脱这个正在向整个日本社会蔓延的“心灵空洞”，就必须改变航向，努力过上不让人“不适”的人生。简而言之，他们必须独立起来。

对此，我的脑海中浮现出三剂良方：“寻求严父形象”“摆脱恋母情结”“自立”。听从一位像父亲一样关心自己的权威男性的教导；从几十年来照顾自己起居的母亲身边独立出来；避开擅长画饼的公司；尽可能远离各类排解孤独的产品或爱豆，然后找一个可以敞开心扉的容身之所，积极地与人开展平等的交流。

尾声

距离脱处一步之遥的宫田

护理行业工作现场的混乱，让我注意到了中年处男这个群体的存在，并开始思考是否能通过他们看到一些当代日本的象征。于是，我展开了对中年处男的采访。随着调查的深入，我与之前自己对这一群体的认知渐行渐远，转而意识到中年处男处境的严重程度：他们中的大多数被女性和社会排斥，苟且生活在“社会性的生与死”和“生理性的生与死”之间。虽然关于性的选择属于个人自由，但早日脱离生死一线的夹缝，对谁来说都不是坏事。

有些人意识到了危险，为了生存拼命自救；而有些人却浑然未觉，直到今天仍在怨天尤人、恶语连篇。无论是否有危险意识，他们平日里都难以靠个人的力量逃离当前的困境，也难寻治愈当下的一剂良药。

在这次纪实写作的收尾之际，我决定再去见一次在整个采访中唯一显得开朗、亢奋的“网络右翼分子”宫田。iPhone 6 上市后，他又迎来了商机，经常乘坐廉价的深夜巴士，往返于老家名古屋和位于秋叶原的智能手机高价回收店。

第二次见面时，光头宫田依然情绪高涨，虽然嘴里说着：“我当然还是处男啊。”但应该是有什么好事，嘴角上扬。

“虽然还是中年处男，但现在我特别充实，每天都开心得不得了。一个没工作也没有女朋友的穷光蛋处男每天还能这么开心，我自己也觉得奇怪。三年前就有人说依我的这种状态，年底之前应该能脱处了。我不像其他处男那样要么期待值过高，要么坚守童贞，或者觉得女人肮脏。我只是期待女孩儿能主动靠过来，但也没打算改变自己。反正就是很享受当下。网络右翼我也肯定会当下去。我觉得中年处男要想快乐地生活，没有必要非得改变自我，试着往前迈一步就行了。”

这时宫田喊了个暂停，拿出智能手机笑眯眯地在对话框里写了一些什么。

这就跟《朝日新闻》和一些知识分子在战败后转向左翼一样，现在这帮左翼朝鲜人又觉得贩卖右翼红利能得到好处吧。左翼蠢蟑螂都是这种德行。

虽然朝鲜人渣因为不良施工造成了像帕劳大桥崩塌事件这样的人身事故，但他们只在自己国家互相残杀的话，就无所谓了。

我关注了一下他账号发的言论，看到了以上内容。在网络上吐槽是他每天的日常，这已经深入骨髓了。即使在一些有女性参加的聚餐会，他也会时不时发表一些类似的言论。

“我参加的一个读书会特别棒。从入会到现在五年，我每周会参加三次相关活动，叫上女孩子一起做炸鸡块，跟她们去喝酒、去露营。我蛰居的10年间都是自己做饭，因为穷，不在外面吃，就经常做炸鸡块。有一次说到北海道的炸鸡块，读书会的一个女生说她想吃，然后有十来个女生响应，而且是她们自掏腰包准备材料来参加，感觉就像是特意为我举行的聚餐会。四周都是笑盈盈的女孩子，就跟做梦一样。男的做饭本来就糙，所以更难以想象能有这么多女性觉得一个中年处男做的菜好吃。这种无心插柳柳成荫的事儿，太让人开心了。”他满面笑容，三句话不离“开心”。

宫田没有去参加像婚活派对这样有激烈竞争、异性之间互相估价的活动，而是从自己的优势出发，加入了有共同趣味男女参加的读书会。虽然最初也遭人白眼，但他勇敢地承认自己中年处男的身份，并在后来的活动过程中慢慢遇到了认可自己的伙伴。向前踏出了一步的他，感受到和他人交流的愉悦感，到如今甚至可以被十几位女性围绕。这已经大大超越了一般的四十多岁男性。

“最近别人建议我别再当网络右翼和左翼反种族主义团体搞什么论战，而是发一些积极的言论，帮助中年处男，鼓励有交流障碍的人克服困难。但是我现在因为过于开心，不能冷静地思考自己为什么这么快乐，所以还不能教导中年处男或是苦于交流障碍的人脱离苦海的方法。我不知道怎么形容自己现在的状态，但就是乐在其中。不工作，能看自己爱看的书，没事喷一喷韩国，每周去参加活动的时候身边还有一大堆女孩子，真的是非常充实。”

宫田舍弃了无用的自尊，找到了一个自己擅长的领域。他在自己房间里蛰居了16年，和大多数中年处男一样，开始他的认知显然也与社会有极大的脱节。从用表格给女性打分便可以看出这样的脱节有多显著。但在不断地经历他人的嘲笑和欺凌的过程中，他慢慢地修正了自己。

“主办方一直很关照我，让我不要一味地卖弄学识，要学会和他人对话。之前我一直沉迷于网络右翼，总被反种族团体攻击，这种状态让我习惯性地把主办方和读书会的成员也当成反击对象，给他们添了很多麻烦。尽管如此，他们依然还是很热情地接受我，所以我很感激他们。”

读书会的主办方成了中年处男在生活中不可或缺的“父亲”角色。宫田抑制不住的笑容背后，是他找到了一个能与他人平等交流的场所。在那里，他建立了信赖关系，收获了如父亲般教导他如何生活的建议。

宫田的脱处时刻，应该已经进入倒计时了。

后 记

采访中年处男纯属偶然。

这一切始于 2013 年末，幻冬舍的编辑竹村优子为开设网站“幻冬舍 plus”给我打来的电话。那时的我正在东京远郊，女高中生水泥埋尸案[1]的案发地，绝望地置身于老年护理行业，那已经是我入行的第六个年头了。

现在想来，在那样的地方从事类似社会边缘人群工作保障的护理行业，本身就不可能安稳地生活。

各种突破常理的问题无休止地循环往复，让我时时刻刻想尽快逃离，但作为经营者，我无法辞职。在精神层面我已经不堪重负，只能感受到深深的绝望。因为出版行业不景气，杂志停刊，我结束了专栏作家的工作，转而投身

1　1988 年 11 月—1989 年 1 月发生在日本东京都足立区的恶性案件，涉及绑架、凌虐、禁锢、强奸、谋杀和尸体遗弃等，为日本昭和时期最为严重的案件之一。——译者注

到超乎想象的护理行业。在此之前原本过着普通生活的我，成为魑魅魍魉聚集的底层中的一员。想到要把接下来的30年时间花费在出于无知错入的这个行业，我快要放弃人生了。

我是个消极的人，自小就对所有事物抱有最坏的打算生活至今，但在那真正跌落到底层的六年间经历的事情，完全超出了我对“最差”的想象。这么说会对不住妻儿，我甚至有过在车中烧炭自杀的念头。

在护理行业的末端市场聚集了大量臭名昭著的投机企业。沽名钓誉的黑心商人操纵着一群被社会抛弃的人，想从中谋取金钱和社会名誉。这些企业是社会的垃圾箱，里面的人将来也只能被社会丢弃。在这样的底层，每天充斥着“不配活”“死了就好了”的声音。写到这里，我仿佛能听到有人会骂“什么叫垃圾箱，胡说八道！”这样的话。行业中当然也有很多能干、认真且尽责的人，但护理行业必须吸收所有愿意靠近它的劳动力才能维持运转，所以“垃圾箱”这个表述也确实不为过。

“有阵子没联系了，您还好吗？最近幻冬舍新开设了一个网站，您愿意写点儿什么吗？”

电话那端传来了久违的竹村编辑的声音。

在我看来她是那种在知名公司工作、出版文化人和艺人相关的书籍、每天都会去杂志推荐的原宿或千駄谷附近高级餐厅吃午餐的高端人士。而我那时则是被出版业抛弃，挣扎于社会垃圾堆，每日被饱受经济和人际关系双重困扰的人群围绕着，生活在满是虐待、争执、谎言、争夺横行的绝望境地。所以，不敢相信竹村的邀约。然而，竹村优子的声音中有我在那时的日常生活中完全无法听到的优雅，让我回想起跌落到底层前的安稳日子。想到自己还与那个世界有联系，我释然不少。与此同时，又想到在高级餐厅用餐的人怎么会想起我这种在底层挣扎的人，一阵无名火涌上我的心头。

"该死的，没有护理资质你做什么护理员啊！"

就在我接电话的当口，本书第六章里写到的坂口在旁边对刚来打工的柔弱女孩儿面红耳赤地怒吼着，大逞威风。如此令人绝望的场景在那时的生活中比比皆是。厌倦这种感觉，也是耗费精力的，所以哪怕是发自内心厌恶的事情，如果每天循环往复地上演，人就会麻痹，对异常的事物的敏感度也随之降低。地狱般的杂音和竹村优子的声音一起回荡在四周。

"就写中年处男吧。"

“什么？中年处男吗？也就是说讨论中年男性的性行为问题吗？”

“是的。”

“但是，是否有性经验难道不是个人的自由吗？能把它当作纪实写作的主题吗？”

打工的女孩子终于哭了起来，得意扬扬的坂口和竹村优子的反问让我彻底失去了耐心：“什么个人自由！你这种在高级餐厅吃饭的人怎么会知道底层生活有多惨。”

“请问，为什么处男身份是悲惨的呢？”

我把电话挂断了。不去理会在一旁得意扬扬、耀武扬威的坂口，在笔记本电脑上就“中年处男是什么样的存在”猛写了一通。第二天，我将名为《护理人才与中年处男》的文章，也是本书中第六章的内容，用电子邮件发送给了竹村优子。对方仅仅修正了原稿的一些错别字和漏字，就以《纪实文学　中年处男》为题刊登在了幻冬舍plus网站上。

当天夜里，它就在网络上引起轩然大波。在短短几日间，点击阅读量暴增。

网上“偏见”“人身攻击”甚至类似“中年处男杀了你父母吗？”这样的批判层出不穷。但无论他们怎么说，对我来说事实就是如此。我和以坂口为代表的中年处男一起工作，听他们的满口胡话，被他们造成的无数麻烦纠缠，不仅在金钱上遭受了损失，也浪费了大量的时间，快被逼到绝路了。

正因为坂口这样的人，职场的秩序被扰乱，他们甚至会拖垮一个产业。护理行业是面向老龄化社会的必要存在，绝不能放任像坂口这样的人继续侵蚀。

我决定从绝望的境地踏出一步，投身对中年处男的采访工作。如果我没有接到竹村优子的来电，以《纪实文学中年处男》为名的连载也就不会问世了。

我对中年处男这一群体的认识，是从坂口这个极端案例开始的，但伴随着深入采访，我不得不直面反映当下社会的各种问题，这对我来说是极大的冲击。社会的个人主义、核家庭化、少子化、结婚率下降、相亲结婚减少、非正规聘用人员增多、家庭价值观的瓦解、经济性贫困、人际关系贫瘠、劳动密集型产业严重的人才紧缺、女性的社会参与等，这些多样的社会因素重叠交织，造就了“中年处男”。

在秋叶原被我和编辑叫住的本山是第一个受访者。听本山诉说因缺乏沟通交流能力而放弃的告白，看他居住的过于逼仄的宅男合租房，我不禁感叹，社会在不经意间已经进入一个艰难的阶段。与此同时，随着认识因缺乏沟通能力而被社会排斥，从而在心理上形成严重扭曲的高学历中年处男，我看到了沟通能力差异对人造成的影响。

中年处男大致可以分为两类：一类是像坂口这样将社会看作母亲羊水的人；另一类是以高学历中年处男为代表，自觉感知到社会的排斥而深陷苦恼，进而陷入更严重困境的人。无论是对自己的问题毫无认知的坂口，还是认知到问题的高学历中年处男，都受困于“生与死”的夹缝中。

正如竹村优子一开始说的，性是个人的自由。我充分理解这是一个由不得他人干预的问题，但既然推进对他们的采访，就必须抱有一定的目的性。在采访中年处男的一年间，我为自己的采访找到了一个主题，即“不要死”。

无论是在生物性、社会性、人性上，还是在产业性上，都不能对死亡视而不见。这是我们应该优先于个人的自由所付出的努力。

从竹村优子打来的电话开始，到如今在不断探求中面向社会提出“中年处男的可视化”问题，这本书的出版不是对问题的总结，我的探索尚未结束。

2014 年 12 月　中村淳彦